BERT *Jr.*

SEM PÉ

COM CABEÇA

Crônicas do Século 21

© Bert Jr., 2023
Todos os direitos desta edição reservados à Editora Labrador.

Coordenação editorial Pamela Oliveira
Assistência editorial Leticia Oliveira, Jaqueline Corrêa
Projeto gráfico e capa Amanda Chagas
Diagramação Estúdio DS
Preparação de texto Ligia Alves
Revisão Daniela Georgeto
Imagem de capa Freepik; geradas via prompt Midjourney e adaptadas por Amanda Chagas

Dados Internacionais de Catalogação na Publicação (CIP)
Jéssica de Oliveira Molinari CRB-8/9852

Jr, Bert
Sem pé com cabeça : crônicas do século 21 / Bert Jr.
São Paulo : Labrador, 2023.
144 p.
ISBN 978-65-5625-462-3

1. Crônicas brasileiras I. Título

23-5748 CDD B869.3

Índice para catálogo sistemático:
1. Crônicas brasileiras

Labrador

Diretor-geral Daniel Pinsky
Rua Dr. José Elias, 520, sala 1
Alto da Lapa | 05083-030 | São Paulo | SP
contato@editoralabrador.com.br | (11) 3641-7446
editoralabrador.com.br

A reprodução de qualquer parte desta obra é ilegal e configura uma apropriação indevida dos direitos intelectuais e patrimoniais do autor. A editora não é responsável pelo conteúdo deste livro.
Esta é uma obra de ficção. Qualquer semelhança com nomes, pessoas, fatos ou situações da vida real será mera coincidência.

AGRADECIMENTOS

À minha mulher, Ilma, e à minha filha, Mariana, primeiras pessoas a ter contato com estas crônicas. Cada vez que eu finalizava uma, lia o texto para elas. Embora com certo sobressalto no olhar, ambas afirmavam se divertir com as estórias.

A todos os amigos que leram uma, duas ou várias destas crônicas e espontaneamente confessaram, sem nenhuma pressão, ter, genuinamente, tido prazer em fazê-lo.

Ao editor e também aos leitores das edições mensais da revista eletrônica *Conexão Literatura,* de quem nunca recebi nenhuma queixa ou recriminação pelas liberdades de ficcionista tomadas nesses trabalhos.

NOTA DO AUTOR

Todos os textos que compõem este livro foram escritos para as edições mensais da revista eletrônica *Conexão Literatura*, ao longo de dois anos (setembro/2021 — setembro/2023).

Comecei a escrever para a revista sem saber ao certo em que gênero se encaixariam os meus textos. Inicialmente, tratei o primeiro deles, "O dilema pessoa-personagem", como um ensaio fictício. Estava, ainda, sob a influência do meu primeiro livro, *Fict-essays e contos mais leves* (Labrador, 2020), no qual aparecia um tipo de conto que chamei de *fict-essay*, ou ensaio fictício. Mais adiante, passei a considerar os textos como artigos. O problema é que o artigo é um gênero jornalístico, ou científico, que não envolve ficção, ao passo que os meus textos são visceralmente fictícios. Por fim, decidi classificá-los como crônicas, já que a crônica é um dos gêneros da prosa ficcional.

Nas crônicas do livro misturam-se elementos de realidade e de ficção, com acentuada predominância do fictício. Cabe, portanto, um aviso aos incautos, para que não tomem os argumentos apresentados nestes textos como verdadeiros, pois quase invariavelmente não o são.

Acredito no humor como uma via muito válida na abordagem de temas que nos afetam, ou poderiam nos afetar, e nos inquietam, ou deveriam nos inquietar. Por meio dos recursos humorísticos, creio que se possa explorar de maneira divertida uma gama infinita de assuntos e ainda, de quebra, fazer uma faxina no sótão empoeirado das ideias.

SUMÁRIO

O dilema pessoa-personagem	9
I Congresso Linguigênere	14
Multidisciplinaridade	20
Presentes para o Natal	26
Novos ditos	32
Espécies esquisitas ameaçadas	38
Leituras contraindicadas	44
Origens discutíveis	50
Sênior é *sexy*	55
Ecos de Clarice	59
A pergunta do milhão	65
Ugabubuga	70
200	75
Flores e plantas da moda	81
Cães em alta	86
Vem cá, gambá!	92
Coisas do português	97
Futuros clássicos	103
Receitas caseiras	111
Conhecidos	118
Paixões profissionais	124
Divisa	132
Falares	137

Toda certeza,
para ser certa,
precisa conhecer a dúvida.

Para ser gente,
a gente tem que
dar jeito na gente.

O DILEMA PESSOA--PERSONAGEM

Setembro/2021

Em algum momento da vida, você terá se surpreendido (ou serei apenas eu?) ao se comportar de forma meio estranha, ou expressar uma ideia, uma opinião, que lhe soa um tanto inusitada. Ali, naquele instante, você não está sendo a pessoa que normalmente corresponde a você. Ali, naquele dado momento, eu, você, estamos operando no modo personagem.

Simmm! Por incrível que possa parecer, de vez em quando a gente vira personagem. Isso acontece, mais que tudo, em situações de convívio alargado, quando saímos da nossa zona de conforto social. Especialmente nas ocasiões em que, chamados a participar de eventos — reuniões, festas, jantares, aniversários —, somos colocados num círculo com o qual não estamos familiarizados e nos vemos na contingência de ter que interagir com pessoas das quais pouco sabemos e que, por sua vez, também pouco sabem de nós. E às vezes não queremos mesmo que saibam.

Em tais circunstâncias, naturalmente surge a tentação de apresentar uma versão "editada" de nós mesmos, ou, então, uma projeção fantasiosa da nossa personalidade. Essa é a oportunidade perfeita para que o personagem apareça.

A característica principal do personagem é que ele assume comportamentos, atitudes, opiniões que, em maior ou menor medida, não se coadunam com a maneira de agir e pensar da pessoa. O desenvolvimento do personagem poderá ser administrado pela pessoa, ou fugir a seu controle, a depender de quão conscientes estejamos sobre quem ele é e do que ele é capaz. Deve-se, no entanto, ter presente que o personagem almeja ter vida própria, e irá se comportar com uma lógica que não é a da pessoa. Portanto, embora o modo personagem possa ser estratégico em determinados contextos, trazendo ganhos e benefícios, sempre haverá riscos inerentes à sua operação.

Digamos que você não esteja acostumado a ingerir bebidas de elevado teor alcoólico. Pode acontecer que, numa roda de conversa em que a bebida geral seja uísque, por exemplo, o seu personagem venha a ser um tipo boêmio, para quem entornar um copo de doze anos caubói no gute-gute é moleza. De repente, você pode surgir cantando *vamos a la playa, nananana-ná* em meio a um debate sobre os efeitos da pandemia de covid-19 na economia global. Esse tipo de risco existe no modo personagem, entende?

Outra situação possível, próxima do que já vi acontecer. Você entende o básico de xadrez, sabe o movimento das peças, mas nunca se aprofundou. Só que o seu personagem é um jogador brilhante, acostumado a disputar partidas em torneios de clubes de xadrez. Com um currículo desses, é natural que seja desafiado a jogar uma partida ali mesmo, na festinha, com todo mundo em volta, de olho. Lá pelas tantas, o oponente vê a sua linha de defesa e comenta: então é chegado numa "siciliana". O seu personagem, que não sabe o que vem a ser uma defesa siciliana, retruca: já peguei, mas sou chegado mesmo é numa polaquinha. Tá vendo? Além de demonstrar ignorância, ainda foi politicamente incorreto, pois deveria ter dito polonesinha. Percebe o risco?

Existem, também, situações ambíguas, que podem pender para o bem ou para o mal. É o caso da garota sentada ao seu lado num jantar, que pergunta o que você está achando do vinho. A pessoa que é você responderia, de modo um tanto simplório, que, embora não seja um entendedor, o vinho lhe parece interessante. Já o seu personagem, que é um grande apreciador e conhecedor de vinhos tintos, responde: veja bem, não quero ser indelicado, mas acho que este exemplar é de uma safra ruim, suas propriedades organolépticas estão totalmente descaracterizadas. A garota, então, retruca: curioso, o meu pai é sommelier profissional e recomendou esse vinho ao anfitrião, é um dos seus preferidos. A situação tornou-se complexa. O seu personagem, tratando de ser coerente com a sua (dele) personalidade, agrega: é mesmo? Me surpreende que o seu pai ainda consiga trabalho. Dispara de volta a garota, com o olhar em brasa: se o vinho não fosse tão bom e caro para ser desperdiçado, jogaria o conteúdo da taça na sua cara!

Por outro lado, a garota poderia ter valorizado positivamente o atrevimento do personagem. Talvez ela tivesse uma relação conflituosa com o pai e aquele mesmo diálogo soasse extremamente sedutor para ela. Como disse, o modo personagem pode engendrar vantagens comparativas em relação à pessoa, a depender do contexto.

Outro exemplo: o conquistador exibido que adere ao modo de operação de um personagem tímido poderá desfrutar de oportunidades anteriormente impensáveis junto a garotas que estejam cansadas de conquistadores exibidos.

A duração do personagem, contudo, não é vitalícia. Em algum momento, a pessoa deverá retomar o comando da situação. Daí surgem três cenários possíveis:

1. O personagem atua numa situação específica, de curta duração, e desaparece de cena.
2. O personagem atua numa situação que se desdobra e se estende no tempo e tentará manter-se no papel.
3. O personagem atua numa situação que se desdobra e se estende no tempo, mas a pessoa irá retomar o controle, tirando o personagem de cena.

A sobrevida do personagem tende a ser algo problemático e, no limite, poderia levar a uma cisão da personalidade da pessoa. Portanto, a melhor opção seria a primeira. Uma atuação curta e limitada, em situações passageiras, evitando desdobramentos e prolongamentos temporais. Convém, no entanto, estar preparado para a possibilidade de que a situação em que o personagem atua venha a ter desdobramentos. Nesse caso, para facilitar a retomada do controle da situação, o que exige a eliminação do personagem, é aconselhável que os personagens não sejam drasticamente distintos da pessoa. Quanto maior for a área de intersecção entre os atributos de ambos, mais fácil será para a pessoa se desfazer do personagem e reassumir integralmente o comando.

Há casos em que se constata um certo grau de permanência de algumas características do personagem, que são "canibalizadas" pela pessoa e passam a constar do seu repertório de atitudes. Talvez seja esse um bônus ocasional do dilema pessoa-personagem.

Seja como for, convém estar ciente de que a **estória** vivida pelo personagem será sempre uma parte da **história** da pessoa, trazendo um conjunto implícito de recordações e consequências.

I CONGRESSO LINGUIGÊNERE

Outubro/2021

Talvez tenhamos, até aqui, vivido tranquilos, na crença de havermos herdado das nossas raízes greco-latinas um notável equilíbrio de gênero no campo linguístico. Afinal, podemos tanto dizer que falamos o idioma português quanto que somos falantes da língua portuguesa. O uso alternativo de **idioma** e **língua** garante, neste caso, um caráter isonômico tranquilizador. Os que, num dado momento, se referem ao português no masculino, o fazem sem ferir suscetibilidades de gênero, pois o mesmo idioma pode também aparecer em trajes femininos, bastando que se recorra à vivaz expressão "língua portuguesa".

Quem pensa, porém, que essa constatação esgota o debate sobre a questão da igualdade de gênero no uso do idioma, ou da língua, está quilometricamente equivocado. A todo momento irrompem, aqui e ali, reivindicações públicas de revisão linguística à luz da defesa intransigente daquela igualdade. A língua, ou idioma, torna-se, assim, o campo no qual se travam batalhas simbólicas, que poderão trazer mudanças profundas na maneira como iremos nos comunicar num futuro ainda indefinido, mas talvez mais próximo do que imaginamos.

Ainda ecoa na lembrança de muitos a fala de uma elevada autoridade pública que, não faz tanto tempo assim, atribuiu à "mosquita" a responsabilidade pela transmissão da dengue e do zika vírus. A partir daquele momento, desonerado do fardo de transmissor — transferido, por decreto verbal, integralmente à sua parceira, a "mosquita" —, o mosquito, já por natureza minúsculo, tornou-se insignificante e sem valor para as políticas públicas nacionais. Doravante, só a "mosquita" interessava.

Embora não se tenha jamais visto nenhuma diferença nos índices de saúde por conta dessa abrupta mudança de tratamento nos escalões oficiais, o fato é que o ego do mosquito macho sofreu um trauma incomensurável (talvez esse efeito tenha bastado para compensar o inócuo da medida no campo sanitário).

A ciência está repleta de casos similares ao do mosquito, em que um mesmo substantivo se torna composto — por meio da adição dos adjetivos fêmea ou macho — quando se deseja explicitar o sexo feminino ou masculino da criatura. A nomenclatura científica afigura-se, portanto, terreno propício à ação dos militantes da equidade linguística de gênero, para os quais é preciso primeiro marcar a diferença para só depois estabelecer o estatuto da igualdade no campo gramatical. Num tal contexto, é possível que não estejamos distantes de assistir à convocação de um congresso de especialistas, com a presença de linguistas, sociólogos e influenciadores das redes sociais, para discutir novos parâmetros vernaculares, de modo a refletir, no uso do idioma, a ideia de igualdade de gênero.

Pode-se, sem muito esforço, imaginar o, digamos, I Congresso Linguigênere sendo realizado, dentro de alguns anos, em alguma capital brasileira, regado a água de coco ou chimarrão.

Um dos focos do debate seria, seguramente, o da regulamentação, em novas bases, do emprego do substantivo comum aos dois gêneros, também chamado, simplesmente, "comum de dois". Nesse caso, as delegadas ativistas poderiam exigir que a terminação em "a" passasse a ser exclusiva do gênero feminino. Assim, a palavra artista, por exemplo, que hoje serve a ambos os gêneros, passaria a designar apenas o feminino. Se o sujeito fosse masculino, seria "o artisto". Por conseguinte, a gramática a emergir do congresso prescreveria o uso de "malabaristo", "trapezisto", "maquinisto", "ciclisto", "vigaristo", entre outros exemplos. O plural, nesses casos, seria feito elencando os dois gêneros: "vigaristas e vigaristos", sempre juntos; ou, então, recorrendo-se à novidade do gênero neutro: "vigaristes". Esta última fórmula evitaria, ao menos, a discussão sobre quem teria a precedência nos vocativos, ponto de debate sobre o qual não arriscaria opinar.

No caso dos substantivos terminados em "e", a regra seria, provavelmente, mudar o "e" para "a" quando o gênero fosse feminino. Teríamos, assim, "presidenta", "delinquenta", "xerifa", "videnta", "dementa", "pacienta", e por aí vai.

No caso dos terminados em "l", bastaria acrescentar o "a" no final para verter o substantivo em feminino. Dessa forma, teríamos: "imbecila", "policiala", "oficiala", "marginala" etc. Os plurais, conforme já mencionado, seguiriam somando ambas as formas sempre que se tratasse de grupos mistos: "policiais e policialas", "marginais e marginalas"; ou, quem sabe: policiax, marginax.

Outro ponto de debate seria a proposta de extinção dos substantivos epicenos, justamente aqueles que se aplicam, mais do que tudo, ao campo da biologia. Para que dizer jacaré-fêmea, quando se pode facilmente dizer jacaroa, ou jacareia, não é mesmo? Em linha com esse raciocínio, a regra preveria o uso de "rinoceronta", "crocodila", "leoparda", "gnua", "saguila", "falcã" etc. É claro que seria necessário equilibrar o outro lado da equação, adotando fórmulas masculinas do tipo "girafo", "gazelo", "águio", "zebro", "hieno", "pumo", "anto", entre outros.

Sobre essas questões zoolinguísticas, é importante assinalar que o congresso não estaria imune ao fortalecimento das correntes de opinião favoráveis a conferir aos animais direitos até hoje exclusivos da espécie humana. Portanto, é muito provável que a tendência à antropomorfização da natureza animal viesse influenciar o debate no campo linguístico, contribuindo para desdobramentos inovadores.

Alguns casos mereceriam atenção especial. Elefante, por exemplo. A palavra contém, em sua primeira sílaba, uma intrusão do pronome pessoal "ele". Nesse caso, dizer simplesmente "elefanta" não garantiria a igualdade de gênero em sua integralidade. Muito provavelmente, o congresso optaria por adotar a forma "elafanta", trocando o pronome pessoal masculino por sua versão feminina. Aí, sim! "Elafanta" constituiria exemplo emblemático do poder da linguagem quando se trata de remodelar mentalidades. Outro caso sensível: gorila. Inevitável a tentação de introduzir uma mudança na última sílaba para, tal como no exemplo anterior, indicar plenamente o gênero por meio do pronome pessoal. Inclusive, neste caso, por se tratar de um primata superior muito aparentado com a espécie humana, um antropoide, como se dizia na época do Tarzã. Em honra a essa semelhança, em vez de simplesmente falar "a gorila e o gorilo", estou quase certo de que o congresso proporia o uso das formas "a gorela e o gorele". Desse modo, teríamos os pronomes pessoais "ela" e "ele" na terminação dos substantivos, numa tocante homenagem a um símio que é praticamente um ente da família. O plural poderia ser "gorex" ou "gorels".

Nada, porém, seria mais simbólico dos novos tempos anunciados pelo futuro congresso linguístico do que a renomenclaturização do nosso parente mais próximo, o chimpanzé. Hábil, versátil, temperamental, velhaco, debochado, grande imitador, o chimpanzé é quase uma imagem nossa no espelho da evolução das espécies. Barbeado e vestido, atrás duma mesa, na penumbra de um bar, poderia passar por muitos de nós. Justamente por isso, com certeza o I Congresso Linguigênere reservaria um tratamento especial para o nosso zé. Assim, além de chimpanzé, ele ganharia o direito de ser chamado de chimpanjoão, chimpanjoaquim, chimpalberto, chimpancarlos, chimpampaulo e tantas outras combinações com nomes pessoais. No feminino, teríamos chimpanzefa, chimpancarla, chimpanjoana, chimpanzana, chimpampaula, chimpanlúcia etc. A essa altura, num gesto epifânico, o congresso recomendaria a libertação de todos os chimpanzés dos zoológicos e circos, em concomitância com a criação de estruturas de acolhimento e escolas especializadas para sua educação, com vistas à adoção por famílias humanas.

O I Congresso Linguigênere representará, sem dúvida, um grande passo no sentido da mais completa igualdade linguística de gênero, assim como da equalização dos direitos dos animais com os dos seres humanos. Prevê-se que, antes da metade do próximo século, os chimpanzés e chimpanzefas terão domínio pleno do idioma e poderão contribuir para novas regras de comunicação e sociabilidade. Mas, diante da concorrência com eles pelas vagas na universidade, nem adiantará pensar em pedir um sistema de cotas para humanos.

Em resposta, você levará uma banana.

MULTI-DISCIPLINARIDADE

Novembro/2021

É incrível como estamos, cada vez mais, aprendendo a trabalhar com visões e conceitos procedentes de diferentes disciplinas do saber. Antigamente, uma rosa era uma rosa era uma rosa era uma rosa. Hoje em dia, uma rosa é uma seita é uma bomba é uma mandala. E vivemos na certeza de que uma rosa é tudo isso e mais ainda. Convém, portanto, refletir um pouco sobre essa maneira de olhar e entender o mundo. Nesse sentido, proponho alguns exemplos selecionados a partir de leituras recentes.

De um artigo publicado este ano na revista *Economia & Turismo*, extraí o seguinte trecho:

"A ponderação entre o fomento ao *after care* de agentes ligados à economia azul e o combate aos agentes ecopatológicos atuantes no organismo econômico nacional deve ser levada em conta ao se propor mudanças no padrão das embalagens combo do setor alimentício com vistas a mitigar o risco de degradação dos nichos reprodutivos dos quelônios marinhos que trafegam na zona pelágica da plataforma continental atlântica".

O que chama a atenção nesse trecho, além da ausência de pontuação, é o enfoque multidisciplinar emprestado ao problema da poluição litorânea e seus efeitos deletérios sobre as atividades reprodutivas das tartarugas marinhas. Num único parágrafo, o autor reuniu ciência econômica, antropologia do consumo e ecologia. Haverá aqueles que, provavelmente, reclamarão de que tamanho poder de síntese vem a exigir do leitor um esforço interpretativo redobrado, assim como certa familiaridade com termos e conceitos de diferentes áreas do conhecimento. Parece-me, entretanto, que esse é um estilo de arquitetura lógica que veio para dominar o terreno da construção intelectual por um bom tempo.

Vejamos outros exemplos.

O seguinte trecho, retirado de um artigo da *Psycho Political Analyst*, traz um insight interessante sobre o campo das tendências políticas contemporâneas:

"Propõe-se que a prevalência das ideias políticas irracionais, num dado momento, numa dada sociedade, decorra de um amplo contágio metassimbólico, de características bastante similares aos processos de infecção virótica verificados nos organismos biológicos. O vírus não tem vida, propriamente dita; seu único propósito é corromper a célula hospedeira para se multiplicar. Sua estratégia de contágio é alterar o RNA apenas o necessário para parecer diferente, sendo que, em essência, continua igual. É como se o organismo hospedeiro, ou a mente humana, se deixasse infectar, por não acreditar que aquele ser fantasiado seja, de fato, o vírus; ou aquela ideia política caracterizada como nova pertença, no fundo, ao mesmo grupo de noções e práticas que se desejaria evitar".

Aqui temos uma frutífera intersecção entre biologia e ciência política. Nesse caso, o processo biológico das infecções virais serve de modelo para ajudar o leitor a entender como ideias fundadas em interpretações distorcidas da realidade conseguem se instalar nas mentes humanas em pleno século XXI. É como se houvesse um defeito estrutural da mente, a fragilizá-la diante da falsidade, assim como uma necessidade atávica de acreditar em fadas e duendes. O desafio atual das democracias seria, portanto, não o famoso "saber votar", mas, sim, encontrar uma espécie de "vacina" para esse tipo de processo infeccioso, um mecanismo de reset capaz de eliminar as cepas viróticas mentais e reiniciar a cultura política num ambiente desinfetado, propício a práticas e ideias saudáveis.

Passemos, agora, a um exemplo mais ameno, numa área bem diferente, a do desenho industrial. Encontrei a seguinte pérola numa revista de decoração de interiores, trazendo implicações para a comercialização e o marketing de produtos relacionados com hábitos de consumo cultural:

"Na consideração dos fatores ergonômicos para a construção de poltronas reclináveis deve-se levar em conta o ciclo do sono dos indivíduos adultos, sobretudo na faixa etária compreendida entre os 45 e os 75 anos, de modo a se poder graduar o sobreconforto — fator comprovadamente indutor do adormecimento precoce — de acordo com o tipo de leitura do cliente. Para leitores de horror, mistério e erotismo não há contraindicação de poltronas com índice elevado de sobreconforto, já que a sucessão de expectativas, sustos e cenas excitantes previne ou espanta a sonolência; para leitores de fantasia, romances românticos e poesia, o recomendável seriam poltronas com assento de madeira *in natura* e encosto de granito ou mármore".

Aí temos uma aplicação prática da abordagem multidisciplinar, que poderá gerar efeitos importantes no campo dos hábitos culturais no futuro próximo, fazendo a produtividade da leitura saltar enormemente. Depois disso, o passo seguinte deverá envolver a discussão sobre a escolha dos conteúdos lidos, mas isso constitui um outro capítulo.

Um mês atrás, a revista científica francesa *Où Est le Doute?* publicou uma descoberta revolucionária, feita ao comparar a atividade cerebral de pintores abstratos com os surtos de raiva em mães estressadas. Com base em uma abordagem essencialmente multidisciplinar, uma nova estrutura orgânica foi identificada no corpo humano, responsável pela inibição dos delírios induzidos pela contemplação estética, mecanismo que, de acordo com a tese do artigo, teria importância vital para a sobrevivência da nossa espécie.

"Não fosse o casulo glandular epigênico, o domínio estético-intuitivo adquiriria uma organicidade desenfreada, capaz de colonizar, a partir da hipófise, toda a possibilidade de cognição, tomando de assalto não só as mentalidades como também as operações intelectuais mais básicas e rotineiras. Em tais circunstâncias, o indivíduo voltaria do supermercado trazendo um livro para o almoço, o que não seria tão grave, não tentasse ele devorá-lo, literalmente, página por página. Consumida dessa maneira, uma obra como *O homem e seus símbolos* acabaria por exterminar tanto o homem quanto seus símbolos. Por isso, urge que se proteja o casulo glandular epigênico evitando-se hábitos nocivos, sobretudo o de futucar o nariz com a unha crescida do dedo mindinho".

Observe-se, no entanto, que os exemplos citados, apesar de seu valor e importância, empalidecem diante do papel reservado à ciência da ufologia e aos ufólogos. No início do corrente ano, um longo artigo na revista especializada *Abducted, Why?* revelou que novas áreas do saber estão sendo estruturadas para habilitar a humanidade aos contatos extraterrestres, que tendem a aumentar em número e complexidade, devendo ser em breve admitidos por vários governos ao redor do mundo. As novas especialidades incluem: a bioesdruxologia, área dedicada ao estudo da biologia de seres exóticos; a siderolinguística, voltada para o domínio das línguas extraterrestres; e a psicanalienfologia, devotada à psicologia dos tripulantes de UFOs.

Nesse cenário, o trabalho do ufólogo será o de integrar os principais conceitos e descobertas oriundos das novas áreas do saber, de modo a poder explicar os alienígenas para nós, humanos, assim como explicar-nos aos alienígenas. Somente com muita multidisciplinaridade essa tarefa poderá chegar a bom termo. Como sempre, resta fazer a nossa parte. No meu caso, além de escrever este artigo, estou matriculado num curso *online* intensivo com um dos melhores *preppers* estadunidenses.

E já vou avisando logo: cobrarei caro por um lugar no abrigo subterrâneo.

PRESENTES PARA O NATAL

Dezembro/2021

Trocar presentes na data de Natal é uma das tradições mais caras — literalmente — da sociedade ocidental cristã. Hoje em dia, as opções para presentes natalinos beiram o infinito, e, felizmente, ninguém mais precisa ganhar lenços de tecido quadriculado, ou meias de banlon, que eram o melhor substrato possível para a criação de chulé no usuário em tempo recorde — suspeito de que vinham acompanhadas de certificado "chulegênico", mas, como era escrito em inglês, os pais jogavam fora (hoje estaria escrito em chinês e teria o mesmo fim).

De modo a facilitar as nossas vidas, caro(a) leitor(a), me dei ao trabalho de visitar inúmeras lojas *online* e peneirar as opções de presentes mais interessantes para o Natal de 2021. A lista de sugestões vem a seguir. Tive o cuidado de escolher produtos recém-lançados no mercado e que incorporam tecnologias inovadoras, por isso o nível de sal dos preços deverá fazer qualquer bacalhoada parecer uma sobremesa. Ainda assim, espero que algum desses itens caiba no seu orçamento e atenda suas necessidades para a ocasião.

1. Todo mundo tem algum parente ou amigo para presentear que trabalha numa corporação privada, ou então numa repartição pública. Se ele costuma chegar em casa tarde, cansado do emprego, demonstrando irritação e mau humor, aí vai a primeira sugestão de presente: **gravata comestível para situações intragáveis**. Uma caixa de gravatas comestíveis pode ser extremamente útil, já que propicia conforto ao indivíduo em situação de tortura psíquica. Imagine o seu parente querido, ou amigo do peito, sendo esculachado pelo chefe no emprego, ou tendo que participar de discussões técnicas intermináveis sobre temas além de sua compreensão: em tais situações, poder mastigar uma deliciosa gravata faz toda a diferença. Primeiro, porque a atenção do indivíduo sofredor é desviada para o ato de comer, algo por si só reconfortante; segundo, porque a composição da gravata é projetada para injetar glicose e fibras naturais no organismo de quem a consome, de modo a estimular a produção de dopamina e restabelecer, com rapidez, os níveis psicossomáticos de satisfação. A gravata comestível vem em caixas de seis e doze unidades, em sabores sortidos: hortelã com charque, caramelo com feijão tropeiro e sashimi de salmão com pamonha.

2. Se você é exposto à leitura e/ou revisão de textos, está cansado de encontrar e/ou corrigir erros crassos de português e não tem receio de parecer pedante, considere esta segunda sugestão de presente: o **detector de casos de crase**. Para o seu colega de trabalho, o

amigo escritor que vive te usando como leitor beta ou os parentes que não param de despejar posts nas redes sociais, o detector de casos de crase constitui um ótimo presente. Talvez nem tanto para eles, já que os próprios não dão muita importância à correção no uso da linguagem, mas para você mesmo. A eficiência desse aparelhinho, se devidamente posto em uso pelo agraciado, poderá evitar que o seu humor venha a azedar de vez e acabe te levando a um estado de hipersensibilidade gramático-visceral, quando um pequeno deslize ortográfico encontrado num texto se torna algo capaz de provocar a falência do sistema cardiorrespiratório. Boa notícia: o detector de casos de hífen já se encontra em desenvolvimento e possivelmente estará disponível para o Natal do próximo ano — desde que não haja a decretação de novas regras gramaticais até lá.

3. Para o caso de filhos adolescentes, ou de idades adjacentes, eis a melhor pedida de presente da ocasião: o **kit-laboratório do bichinho papa-acne**. Quem já não fabricou iogurte em casa? Pois é, com o bichinho papa-acne o processo é muito parecido. Você adquire o kit-laboratório e segue as instruções. Em poucos dias, sua colônia de bichinhos papa-acne estará pronta para ser explorada. O tratamento leva de um a três meses para se completar, a depender da extensão e gravidade do caso. Basta aplicar, diariamente, uma camada fina da substância coloidal, onde pululam os bichinhos pa-

pa-acne, sobre a porção de pele a ser tratada. O único inconveniente é que, durante o tratamento, nenhuma gota de sabão, xampu ou detergente deve entrar em contato com a superfície afetada. Portanto, até que a pessoa esteja curada do problema, os banhos devem ser evitados, ou tomados apenas semanalmente e com o máximo cuidado para não respingar na área em tratamento. Como se pode imaginar, a higiene bucal é outro setor que ficará bastante comprometido. Por tudo isso, aconselha-se os pais a associar o presente do bichinho papa-acne a um pacote de intercâmbio estudantil no exterior para os filhos — de preferência em países de clima frio, como o Canadá, por exemplo.

4. Inspirado no uso generalizado de máscaras devido à pandemia de covid-19, chega ao mercado um produto absolutamente oportuno, já que esse hábito provisório tenderá a cair em desuso: o **diafragma bucal microporoso autolimpante**. Se há algo em que as máscaras foram de fato eficientes, mais do que na prevenção ao contágio de covid-19, foi na nossa proteção contra os fatores desagradáveis e adversos à conversação, que incluem o mau hálito, assim como os perdigotos e os resíduos alimentares arremessados pela boca do interlocutor. O diafragma bucal vem para resolver definitivamente esses inconvenientes. Trata-se de uma fina película flexível e transparente de silicone, quase imperceptível, que o usuário pode retirar facilmente no horário das refeições. O material microporoso per-

mite um fluxo de ar em nível adequado e sua pequena fenda medial é apta a receber a extremidade de um canudo, de modo a facilitar a ingestão de líquidos, reduzindo, assim, o tira-e-põe do diafragma ao longo do dia. Sua superfície extradeslizante assegura a limpeza permanente do dispositivo, fazendo com que todo o material orgânico oriundo das refeições, ao deixar de ser arremessado para o exterior, seja integralmente absorvido pelo organismo do cuspidor. Já se sabe que estudos encomendados pelo fabricante apontam benefícios marginais relacionados com o uso do diafragma bucal, tais como a redução da ansiedade por comida e um discreto emagrecimento dos usuários.

5. Caso você queira presentear aquele par de amigos que vive se desentendendo publicamente, sua melhor opção será, com toda a segurança, o **afinador de ondas cerebrais para casais**. Baseado na tecnologia bluetooth, o afinador de ondas cerebrais é a ferramenta do momento para casais em crise. Basta que ambos se coloquem de frente um para o outro, com os sensores grudados nas têmporas, e acionem o aparelho eletrônico. O tratamento é veloz e indolor, levando à compatibilização dos desejos e opiniões de acordo com a média de intensidade das ondas cerebrais dos dois usuários. O resultado favorece o desejo mais forte, mas o atenua em função dos *inputs* do parceiro. Assim, se você deseja muito fortemente comer uma feijoada no sábado, mas seu parceiro sonha de leve

com uma comida vegetariana, vocês provavelmente irão almoçar um cozidão acompanhado de feijão com arroz, ou então um vatapá. Outro exemplo: se você deseja fortemente assistir a uma série na Netflix, mas o seu parceiro prefere iniciar um intercurso erótico, vocês provavelmente acabarão por assistir a um documentário sobre sexo na Netflix. E assim por diante.

Além das opções mencionadas, haveria ainda outras, também muito atrativas, como o **beliscador elétrico para palestras enfadonhas**, ou o invento que é considerado o último biscoito no pacote dos cosméticos: a **massa corrida orgânica anticelulite**, o disfarce perfeito, visualmente mais neutro e natural do que as meias colantes.

O único presente que o Papai Noel não conseguirá providenciar neste Natal de 2021 é justamente o item mais demandado: um caminhão virtual de seguidores nas redes sociais.

NOVOS DITOS

Janeiro/2022

Gente como eu e (provavelmente) você costuma andar com os bolsos da mente repletos de papeizinhos onde vários ditos populares estão anotados. Volta e meia, sacamos um do bolo para usar daquela autoridade que as maiorias anônimas possuem, de forma a poder enquadrar uma experiência nossa, ou um fato da vida, numa moldura de sentido comum.

São frases repetidas desde tempos imemoriais. Eu mesmo recordo ter ingerido várias dessas pílulas sob o judicioso critério de minha saudosa avó materna. Venho sentindo, porém, que esses velhos ditos populares têm perdido força ultimamente. Talvez isso se deva, em parte, à ruptura, ou esgarçamento, na transmissão de valores de uma geração a outra, uma vez que no cenário característico da vida contemporânea as informações chegam aos mais jovens diretamente por meio virtual. Nesse contexto, a internet e as redes sociais passaram a ser os novos campeões da autoridade sobre a informação, sem possuir, em contrapartida, um pingo de responsabilidade quanto ao processo educativo dos jovens clientes.

Uma vez cumprido o necessário rito de chover no molhado, ou malhar o judas (olha as expressões populares aí!), convém reconhecer que parte da explicação para o fenômeno poderia dever-se ao anacronismo das fórmulas encerradas nos ditos ditos (desculpem, não resisti). Tomemos como exemplo a bem-humorada frase "se melhorar, estraga". Quando um jovem de hoje ouve isso, acostumado que está aos universos fantásticos e documentários reais e hiper-reais do YouTube e da Netflix, é inevitável que se espante até a medula. Para a nova geração, simplesmente não existe a possibilidade de algo vir a se estragar pelo fato de melhorar ainda mais. Em algum ponto da história recente da civilização, perdeu-se o gatilho para o sutil passo lógico de que, se algo já é maravilhoso, talvez seja melhor contentar-se em usufruí-lo do jeito que está, para não correr o risco de arruiná-lo. E não vai adiantar sair de gatinhas pelo tapete atrás do que se perdeu, porque o "seu", a "sua" jovem não vai dar a mínima e continuará jogando o seu game, ou chateando (do inglês *chatting*) para ampliar sua rede de amigos desconhecidos nas mídias sociais.

Exatamente por isso, acho que já é hora de buscar efetuar um exercício de revisão crítica, com vistas à criação de novos ditos populares afeitos aos novos tempos, que possam ser transmitidos pela geração atual para a próxima, pelo menos. Proponho, assim, que, em lugar de "se melhorar estraga", adotemos a fórmula "SE MELHORAR, ME ESQUEÇAM NAS SEYCHELLES". Sentiu o ganho qualitativo? Antes, havia uma atitude refratária à mudança. Contentava-se em permanecer num certo patamar da experiência, com medo de arruinar o já conquistado ao querer ousar em outros projetos. Agora, a nova fórmula carrega, implícito, um convite à possibilidade de melhora. Inclusive, se ela de fato se concretizar, você já avisou à galera que se permitirá desfrutar de um paraíso terrestre por tempo indeterminado.

Um segundo exemplo nos é dado pela ubíqua frase "se Deus quiser". Temos que entender que a nova geração não aceita mais essa dependência de uma fonte de energia que não esteja ligada à tomada da parede do quarto. Para eles, faz muito mais sentido que digamos "ATÉ MESMO SE DEUS QUISER". Pronto. Preservou-se a noção de um deus, mas não estamos mais condicionando tudo à vontade dele. Para o ser divino fica até melhor, pois assim não precisa estar metido naquela burocracia enfadonha de colar selo de aprovação, ou desaprovação, em cada um de nossos atos.

Uma variante dessa mesma família de ditos de fundo religioso é "quando a hora chegar, saberemos a verdade". A juventude de hoje não se liga nesse papo de conhecer a verdade. A verdade, nos dias correntes, tornou-se uma mercadoria que atende a todos os gostos, bastando escolher a narrativa mais conveniente. Outra coisa incompreensível para as cabeças de hoje: por que raios a verdade esperaria um momento crucial para se revelar? Por isso, faz muito mais sentido dizer "QUANDO A HORA CHEGAR,

TENHA UMA BOA DESCULPA". Como, no fundo, ninguém tem certeza sobre a "verdadeira" verdade, é bom contar com uma boa desculpa caso ela resolva fazer uma aparição triunfal em algum ponto da vida.

Há, ainda, outros ditos que seria recomendável mudar. Por exemplo: "tudo tem a hora certa para acontecer". Essa platitude é impalatável nos tempos atuais. Muito mais complexo e desafiador é pensar que "NADA TEM HORA CERTA PARA ACONTECER". Para a nova geração, tudo pode acontecer a qualquer momento, inclusive nada, como em geral ocorre. Na fórmula anterior, você ficava moralmente desculpado se preferisse aguardar a chegada da tal hora certa. Com o novo dito, fica estabelecido que o fato de algo acontecer não tem nada a ver com a existência de um misterioso momento predeterminado. Agora, está implícito que, caso deseje, você vai ter que se virar para uma coisa específica vir a acontecer de fato.

Urgente, também, se faz mudar o algo lúgubre "vai pela sombra" pelo pragmático e revigorante "VAI DE FERRARI". Os jovens de hoje não precisam ser recomendados a ir pela sombra; eles já vivem nela. A sombra é parte incontornável da vida de seres criados entre quatro paredes, na esmagadora maioria do tempo. A sombra é a amiga que lhes permite aumentar o contraste das telas dos laptops, tablets e smartphones. Portanto, faz muito mais sentido, e funciona para eles como fator de estímulo, ouvir dos mais velhos a recomendação de que vão de Ferrari, ainda que não se saiba exatamente para onde.

"Antes tarde do que nunca" é um exemplo adicional de dito anacrônico. Na sociedade que temos hoje, a frase necessita ser atualizada para "ANTES TARDE DO QUE CEDO DEMAIS". A juventude procrastinadora atual não vê o nunca como ameaça, mas sim o cedo. Portanto, nada mais sensato, para estar de acordo com os ventos que impelem os rumos contemporâneos, do que reconhecer que o verdadeiro problema reside no cedo demais. Inclusive porque o cedo demais é um estado de materialidade, com peso e consequência na vida concreta, enquanto o nunca, não. Nesse sentido, o nunca nunca deveria ter sido um problema (de novo, não resisti...).

Antes que me alongue demasiado, darei um exemplo final, com a observação de que a lista de sugestões para novos ditos é muito mais longa. Tome-se a frase "mais vale um pássaro na mão do que dois voando". Chega a ser chocante, não é? Com a sensibilidade ultra-aguçada que desenvolvemos para os temas ambientais, a frase adquiriu um inaceitável tom politicamente incorreto. Para os jovens de hoje, é claro que um pássaro na mão é um crime, enquanto dois voando é o máximo. Você, leitor, poderá argumentar que se trata de linguagem figurada. E eu lhe respondo que a linguagem figurada foi pro beleléu. Se você não está num universo de fantasia — livros, games, filmes e olhe lá —, a linguagem figurada pode criar sérios problemas. Por isso, é preferível dizer aos jovens de hoje simplesmente "UM JATINHO NO AR É MELHOR DO QUE DOIS NO HANGAR". A fórmula tem a grande vantagem de estimular quem a ouve a imaginar-se como passageiro do jatinho, talvez seu proprietário, em viagem mundo afora. O jovem se enxerga, aí, em posição de gozar a vida, em sintonia com o princípio de que é a qualidade da experiência que dá gosto à existência. Celebrar o jatinho no ar significa estar aberto às possibilidades de desfrute de novas experiências, o que sem dúvida é muito mais empolgante do que possuir dois jatinhos no hangar, cobertos de pó.

    Afinal de contas, "ao pó todos retornaremos" — ao menos até que a ciência venha a tornar obsoleto mais esse dito popular.

ESPÉCIES ESQUISITAS AMEAÇADAS

Fevereiro/2022

Acaba de ser noticiado que a ONG *World Watchers over Weird Species* (WWWS) irá divulgar, em breve, sua lista global de espécies esquisitas ameaçadas de extinção. Graças ao contato com uma fonte privilegiada, ela própria um tanto esquisita, obtive, em primeira mão, acesso ao capítulo brasileiro da lista da WWWS. Atenção, leitores, porque a informação que irei compartilhar poderá surpreendê-los e despertar sentimentos contraditórios.

Segue a lista do Capítulo Brasil de espécies esquisitas ameaçadas.

1. **Capiau gorro-de-meia.** Faz algum tempo que foram registrados os últimos avistamentos dessa curiosa espécie de primata na periferia dos centros urbanos. Um dos fatores para sua previsível extinção são as mudanças ocorridas na confecção de meias, que já não se prestam para serem enfiadas na cabeça. Em

tais circunstâncias, em virtude de seu temperamento excessivamente tímido, o capiau-gorro-de-meia se sente exposto e desprotegido, o que tem prejudicado seriamente os complicados ritos de acasalamento da espécie. Certos observadores afirmam que o preço do tabaco, combinado com a escassez de folhas de palha, tem contribuído para levar o capiau à beira da extinção, já que fica cada vez mais difícil poder enrolar seu cigarrinho a todo momento todos os dias. Note-se que essa tese é vista com simpatia pela indústria dos cigarros e assemelhados. Felizmente, uns poucos espécimes de capiau gorro-de-meia são mantidos em santuários, tais como programas de humor na televisão e vilarejos remotos em zonas rurais.

2. **Energuminosa-madrugadeira.** Espécie vegetal que se pode considerar já quase extinta. A radiação emanada dos meios modernos de comunicação e informação, sobretudo televisores e celulares, tem efeito inibidor sobre o crescimento e a proliferação dessa planta. Pessoas que costumavam tomar diariamente o chá da energuminosa-madrugadeira tiveram que descontinuar esse hábito e, embora guardem certa nostalgia, agora afirmam já terem alcançado o nível médio de dificuldade nas revistinhas de palavras cruzadas. Registre-se, por outro lado, que essas mesmas pessoas deixaram de madrugar e vêm chegando cada vez mais tarde no emprego.

3. **Aruquenga papa-pinto.** As disposições legais em vigor impedem as aruquengas de papar os pintos soltos

por aí, ocasionando uma proliferação descontrolada de pintos não papados e um consequente retardo em seu processo de maturação. Em tais circunstâncias, a subespécie papa-pinto da aruquenga está em vias de extinguir-se. Esse desequilíbrio na cadeia alimentar pode levar outra espécie a ocupar o posto como predadora de pintos. Tal tendência já começa a ser sentida e pode ser o caso, por exemplo, do que vem ocorrendo com a lobisgata-motoesportiva.

4. **Assédibus-curvicolante.** Espécie lubricamente híbrida, em que se misturam características de verme e de inseto, mas que pertence, de fato, à família dos aracnídeos. A recente modernização dos meios de transporte público nas grandes cidades tem sido a principal causa do desaparecimento do assédibus. Os corredores multimodais de transporte, onde veículos modernos trafegam com velocidade e lotação controladas, vêm fazendo diminuir a incidência desse ácaro gigante, que tinha seu *habitat* nos velhos ônibus de linha. A elevada velocidade e a forte trepidação dos antigos veículos, reflexo de sua obsolescência física e do modo temerário de conduzir dos motoristas, eram fatores que levavam os assédibus-curvicolantes a despertar de seu estado latente para vitimar mulheres em geral, sobretudo aquelas em idade fértil.

5. **Tatu-catraca-monoungulado.** Tal como o assédibus, o tatu-catraca-monoungulado é uma espécie habitante dos antigos ônibus de linha. Seu nome deriva do fato de fazer sua toca sobre as catracas de ônibus e,

também, de apresentar uma única unha, de tamanho descomunal, em uma das mãos. Nessa espécie, o gene que determina o crescimento avantajado da unha do dedo mindinho é dominante; o recessivo resulta no crescimento da unha do polegar. Tal característica física do tatu-catraca é normalmente explicada como uma adaptação que facilita o manuseio das cédulas sebentas de dinheiro no momento de entregar o troco aos passageiros. Além disso, alguns pesquisadores acreditam que a unha crescida e afiada da espécie possa funcionar como arma, utilizada para impor respeito a viajantes desordeiros, ou dissuadir os malandros de se evadirem do veículo coletivo antes de pagar a tarifa devida.

6. **Sabião-de-boteco.** Ave cuja estratégia adaptativa é especializar-se em nichos de ócio tagarela. O sabião torna-se cada vez mais raro à medida que botecos e barzinhos, especialmente os sórdidos, entram em declínio e são empurrados para zonas suburbanas distanciadas do "agito social". O metabolismo do sabião, cuja dieta se baseia em tira-gostos e salgadinhos baratos, capacita-o a reciclar energia a partir de bebidas alcoólicas. É especialmente ativo no período noturno, abundando em mesas onde a conversa gira em torno de política. Nesse contexto, costuma piar alto, podendo tornar-se agressivo. Sendo uma espécie muito territorial, pode acontecer de querer avançar sobre as mesas vizinhas valendo-se de sua maior arma: o blá-blá-blá etílico.

7. **Fumorcego-comensalicida.** Essa espécie de mamífero, para quem o ato de se alimentar deve ser acompanhado de fumaça, já foi uma praga combatida em escala mundial. Muito resiliente, aproveita toda e qualquer oportunidade para arruinar o prazer alheio com baforadas sub-reptícias, sobretudo nas ocasiões em que se deseja saborear uma boa refeição ou respirar o ar limpo da natureza. Com esse tipo de tática, a espécie tem logrado debilitar seus opositores e, surpreendentemente, vem reconquistando parte do território perdido. Embora sejam irritantes e constituam séria ameaça à saúde geral, os fumorcegos-comensalicidas podem parecer charmosos e sedutores, o que os torna ainda mais perigosos.

8. **Plagimodo-duplicandium.** Trata-se de um protozoário especializado em parasitar o cérebro de artistas, fazendo-os sentir como suas as obras dos colegas de profissão. O delírio provocado pela infecção plagimódica produz cópias completas ou parciais de originais alheios, em graus variáveis de literalidade. Tem-se registrado uma diminuição sensível da forma tradicional dessa espécie de parasita. Entretanto, uma nova variedade, identificada nos meios digitais, tem apresentado desenvolvimento preocupante. Sua curva de crescimento indica que essa variante poderá substituir, com vantagens adaptativas, a forma tradicional de plagimodo-duplicandium. Portanto, essa é uma espécie em situação peculiar, que deverá merecer atenção nos próximos tempos.

Caso você, leitor(a), tenha alguma informação que julgue importante sobre qualquer das espécies mencionadas, use o *website* da WWWS (filial Brasil) para comunicar o fato. Não que eu não queira intermediar esse contato, mas me ofereci como cobaia para testar a vacina do Instituto Tutantã contra a variante digital do plagimodo-duplicandium e, no momento, apresento reações colaterais preocupantes, como, por exemplo, a de duvidar que você esteja lendo este artigo até o fim.

LEITURAS CONTRA-INDICADAS

Março/2022

Um dos dissabores da vida é ter que lidar com coisas que não compensam o investimento em tempo e/ou dinheiro. Volta e meia isso acontece conosco. Escolhemos um dos pratos mais caros do cardápio e, logo à primeira garfada, constatamos que o camarão veio borrachudo, ou que o molho de javali trouxe junto a catinga do bicho.

A indústria cultural não está livre de decepções desse tipo: como leitores, a maioria de nós já terá tido contato com narrativas decepcionantes. Muitas vezes, porém, o problema está em projetar uma expectativa fora do razoável. Esperamos de um best-seller que tenha o efeito de uma pedra filosofal, ou de uma peça de humor que não incomode pela irreverência. Em tais casos, é natural que o desapontamento ocorra. Convém, portanto, saber que algumas leituras podem não ser as mais indicadas, a menos que se queira flexibilizar critérios e transpor limites no sentir e pensar.

A seguir, alguns exemplos de leituras contraindicadas e para quem.

1. Se você é fã do best-seller *Mulheres de quem os lobos correm*, provavelmente não irá gostar do livro que o ex-marido da autora acaba de lançar: *Homens que nadam pelados com barracudas*. De acordo com esse genuíno libelo em prol da mais ampla liberdade masculina, para que chegue ao grau máximo de afirmação pessoal o homem contemporâneo deverá vencer definitivamente o seu mais antigo fantasma: o medo da castração. Nadar pelado com barracudas é o método indicado para que o macho da atualidade adquira total autoconfiança. O livro contém um passo a passo detalhado sobre como reagir com galhardia ante situações de desfechos imprevisíveis e que comportam riscos à masculinidade. Embora não divulgue dados estatísticos sobre o índice de sucesso de seu método, o autor jura haver sobreviventes entre nós.

2. Recomenda-se aos amantes de animais de estimação, sobretudo cães, evitar a leitura de *Vidas bestas*. Com magistral realismo, a obra narra a história de um casal brasileiro que emigra da periferia de São Paulo para a Califórnia, levando seus três filhos e uma cachorrinha chamada Piaba. Uma vez instalados na periferia de San Diego, pais, filhos e cachorra tornam-se consumidores ávidos e sedentários de todo tipo de *junk food*. A pequena Piaba rapidamente triplica de tamanho e morre de intoxicação alimentar. Apavorados, os membros

da família, que apenas haviam dobrado de tamanho, resolvem se submeter a uma cirurgia bariátrica. Apesar de bem-sucedido, o tratamento cirúrgico provoca a ruína financeira do grupo, a quem não resta outra saída senão retornar ao Brasil por via terrestre. Ao cruzar a fronteira mexicana, a família fica perdida no deserto durante vários dias, sem comida, chegando à conclusão de que, se tivessem feito isso antes, teriam emagrecido naturalmente, sem precisar torrar suas economias custeando cinco cirurgias bariátricas nos Estados Unidos.

3. Os que suportam mal a tensão inerente aos ritos antropológicos de passagem deveriam manter-se alertas em relação a *Apanhador de sabonete em chão de banheiro*. Nesta tão propalada ficção estrangeira, descobre-se que é mais fácil a adolescência te dar um pé no traseiro do que a maturidade te acolher de braços abertos. No trajeto entre o campo e a cidade, o jovem protagonista é expulso do ônibus em que viaja por apontar defeitos em todos os passageiros. Abandonado numa estrada poeirenta, ele tem que caminhar quilômetros até chegar num posto de serviço, onde corre ao banheiro para aliviar-se e tomar uma chuveirada. Durante o banho, seu momento de prazer é interrompido quando o sabonete de glicerina escorrega por entre os dedos, deslizando para o piso do vizinho. O jovem sai dessa experiência profundamente abalado. Como irá sobreviver na capital, sendo incapaz de impedir que um simples sabonete resvale de seus dedos e deslize

no chão do banheiro? Essa questão irá atormentá-lo, levando-o a experiências frustrantes com diferentes tipos e marcas do produto, até descobrir que pode contornar o problema com sabonete líquido. A crítica vê nesse desfecho um símbolo dos limites da rebeldia juvenil perante a moderna sociedade de consumo.

4. Quem prefere passar ao largo de enredos perturbadores deve precaver-se contra a leitura deste clássico nacional do naturalismo: *A couve*. Escrita muito antes de o veganismo ter sido inventado, a obra vem sendo aclamada por representar um prenúncio dos dramas que, na nossa era pós-industrial, cercam o antes singelo hábito humano de se alimentar. Se você é moderninha(o) e tem estômago fraco, provavelmente a leitura de *A couve* lhe será indigesta. Num estilo apimentado, o livro conta a história de uma couve ainda tenra, que tenta resistir aos perversos apetites de um macrobiótico de meia-tigela. Por mais que se esforce, nossa trágica heroína é dobrada até virar picadinho nas mãos do impostor comilão. Num dos finais mais impactantes da literatura nacional, a couve perde sua pureza ao ser levada à panela junto com tirinhas de porco, duas colheradas de farinha de mandioca e — cruel ironia — um cubo de caldo de legumes.

5. Para os que sofrem de intolerância às sagas juvenis de terror, o meu conselho é que não leiam a série *Corpúsculo*. As inquietações e sobressaltos têm início quando uma estranha protuberância emerge no nariz da heroína, o que faz com que o mais pálido jovem

jamais visto, membro de um clã que se julga superior às demais pessoas, se apaixone por ela pelo fato de achá-la um tanto diferente das demais pessoas. A heroína, que pretende não querer ser diferente das demais pessoas, se apaixona pelo mais pálido jovem jamais visto quando percebe que a protuberância instalada em seu nariz poderia vir a encaixar-se perfeitamente no umbigo dele. Temerosa do que aconteceria com o seu nariz depois disso, e também por não querer parecer diferente das demais pessoas, a heroína hesita em consumar essa união. Tudo muda quando outro jovem, aliás nem um pouco pálido, surge para disputar as atenções da heroína por meio de sua barriga sarada. Quando o combate entre os rivais se torna inevitável, a palidez do herói revela-se apenas efeito de sua dieta; a barriga segmentada do adversário revela-se efeito de sua dieta, somado a duas horas de malhação na academia cinco vezes por semana. Sob o estresse do triângulo amoroso, a protuberância nasal da heroína desmorona para o interior de seu corpo, fazendo-a constatar, horrorizada, que sua verdadeira natureza não é a de uma verdadeira heroína.

6. Nada mais apropriado para completar esta breve sugestão de contraindicações de leitura do que o amplamente lido e assistido *Reles Porre*. Ao longo de milhares de páginas e incontáveis feitiços fictícios em latim, este mágico senhor dos cifrões comprova possuir o dom de te tirar de Londres para te enfiar num castelo lúgubre, localizado numa zona rural infestada de ratos, aranhas,

cobras e outras pragas, convivendo com tipos que parecem saídos de um circo, muitos dos quais altamente perversos e feios, onde uma tropa bizarra de garotos supostamente passa estudando anos a fio para, no fim das contas, não aprender absolutamente nada sobre como ganhar a vida fazendo algo minimamente útil.

Pensando bem, se fosse encarado como sátira social, *Reles Porre* poderia constituir, de fato, uma obra-prima.

ORIGENS DISCUTÍVEIS

Abril/2022

Há muitas origens no mínimo discutíveis para vários dos fatos presentes na cultura humana. Volta e meia hipóteses explicativas são levantadas, mas a verdade é que, com frequência, ficamos impedidos de formar uma opinião "científica" sobre tais origens. Com o intuito de contribuir para o debate, apresento a seguir uma lista pessoal de explicações para o mistério em torno de alguns dos nossos costumes.

1. **Missoshiro**. A origem dessa famosa sopinha japonesa parece estar ligada aos rituais de meditação. Conta-se que um antigo mestre budista, notando a dificuldade de seus discípulos para esvaziar a mente, teve uma ideia brilhante. Entregou a cada um deles uma tigela de sopa rala, com a instrução de que deveriam tomá-la de palitinho até o fim. Os discípulos, motivados pela associação entre meditação e comida, atiraram-se às suas tigelas, buscando encontrar a melhor técnica para levar a sopa à boca usando apenas os palitos. Passaram-se

dois ou três dias, e os mais aplicados apenas haviam, a muito custo, chegado à metade de suas tigelas. À beira da inanição, vários discípulos desfaleceram. O mestre, então, teve outra ideia brilhante: acrescentou cubinhos de queijo de soja à sopa. O incremento da receita trouxe renovado alento aos pupilos, e, finalmente, um deles conseguiu terminar o conteúdo de sua tigela. Perguntado sobre qual ensinamento havia retirado da experiência, ele respondeu: "Devemos dar valor ao que temos e não desistir de nosso objetivo por julgar as condições inadequadas ou insuficientes". O mestre sorriu de forma enigmática e ordenou que trouxessem outra tigela de sopa ao discípulo, mas com a ração de tofu reduzida à metade.

2. **Café**. O grão torrado de café pode ter sido um poderoso incenso natural, utilizado pelos nossos ancestrais para disfarçar os odores fétidos que empestavam o ar das cavernas e grutas ocupadas por eles. Acidentalmente, ou mesmo por curiosidade, os grãos da fruta teriam ido parar na fogueira e, ao serem torrados, desprendiam seu aroma característico, que inebriava o aguçado olfato do homem primitivo. Milênios mais tarde, com a evolução das técnicas culinárias, o *Homo sapiens* resolveu moer o grão torrado para usá-lo como tempero. O resultado não agradou; porém, no processo, o pó do café acabou sendo afervantado dentro de alguma panela de barro e consumido com o caldo da refeição. O fato é que muita gente não conseguiu mais pregar o olho às sete da noite, e disso decorreram

efeitos civilizatórios importantíssimos. Em busca do que fazer entre as 18 e as 23 horas, nossos ancestrais passaram a promover festas nos acampamentos, com dança, peças de teatro e competições variadas. A animação também contagiou o interior das tendas, o que fez o ritmo de crescimento da população humana aumentar sensivelmente.

3. **Talheres.** É muito provável que a invenção dos talheres esteja relacionada ao consumo de carne. Na pré-história, após o abate, a caça devia ser repartida com o grupo. A faca foi o primeiro talher a ser inventado, pois servia não só para cortar pedaços individuais da presa como também para defender o seu próprio pedaço da cobiça dos demais. Com frequência, algum glutão tentava furtar a porção do vizinho e terminava com a mão retalhada por um golpe de faca. Em tais circunstâncias, a invenção do garfo constituiu um recurso engenhoso para resguardar a mão em suas furtivas incursões alimentares. Quantos milênios terá o homem passado com a faca e o garfo nas mãos até perceber que poderia usá-los combinadamente? Ninguém sabe ao certo; o fato é que até o final da Idade Média a grande maioria ainda comia com as mãos.

4. **Gravata.** Pouquíssima gente desconfia de que o uso da gravata pode ter sido um dos primeiros atos de empoderamento feminino do Ocidente. As interpretações tradicionais costumam creditar a origem desse costume como pura expressão da vaidade masculina, uma forma estilizada de idolatria fálica. Nada disso.

A gravata surgiu para servir de forca portátil, que as esposas, ou noivas, podiam acionar para controlar os maridos, ou noivos, nas festas de salão europeias. Ao perceber que seu parceiro nutria um interesse além da conta por alguma rival, a dama se aproximava sutilmente de seu acompanhante, esboçando afeto, e, sob o pretexto de arrumar o nó da gravata, apertava-o de um tirão. Ao que parece, esse doloroso aviso costumava surtir considerável efeito inibidor sobre o assanhamento do parceiro. Contudo, se o ciúme da parceira fosse muito grande, o acompanhante podia acabar enforcado de verdade.

5. **Dança.** A imitação dos ritos de acasalamento de espécies do reino animal, sobretudo das aves, é uma das explicações mais aceitas para a origem da dança. Menos conhecida é a hipótese religiosa. De acordo com essa versão, a dança teria sido inspirada no ritual de caminhar sobre brasas, praticado por líderes religiosos como demonstração da capacidade do espírito de transcender as limitações do corpo físico. Os leigos, ao assistir a tais cerimônias, tiveram a ideia de eliminar a parte das brasas e apenas reproduzir os estranhos movimentos que o xamã executava, vendo nisso um atalho para chegar ao estado de graça. Não atingiram a iluminação, mas passaram a se divertir muito mais do que antes.

6. **Beijo.** As origens do beijo são seguramente bastante antigas, pertencendo a um contexto ainda pré-histórico, em que a linguagem era rudimentar e o pensamento

mágico predominava. Na sociedade primitiva, quando um indivíduo sentia atração por alguém, evidentemente não conseguia expressar esse sentimento de forma adequada com palavras. Em compensação, nossos ancestrais acreditavam que, se tocassem suas línguas uma na outra, aconteceria uma transmissão mágica do que precisava ser comunicado. O costume virou moda rapidamente, sendo inclusive utilizado nas comunicações intertribais. Com o passar do tempo, a prática do beijo se tornou um dos principais fatores, juntamente com o consumo de café, para o incremento acelerado da população humana no planeta.

SÊNIOR É *SEXY*

Maio/2022

Uma das fortes tendências do momento é a da revalorização da idade avançada, que de algo biologicamente oneroso vai se transformando na cereja do bolo da existência. A etapa sênior, por assim dizer, se afirma cada vez mais como uma fase muito especial, em que a experiência adquirida ao longo de ciclos profissionais e afetivos anteriores passa a ser colocada a serviço de novos relacionamentos e projetos (alguns do quais sonhos antigos).

À luz das evidências comportamentais, não irá tardar muito para que todo mundo passe a requisitar algum indivíduo "sênior" para fazer parte da equipe de trabalho, ou do círculo de amizades, ou ainda como parceiro afetivo. Pode-se, inclusive, imaginar o *slogan* "sênior é *sexy*" sendo amplamente difundido em campanhas publicitárias num futuro próximo.

Quando terminar de emergir, essa nova tendência deverá afetar profundamente o universo da economia, com impactos particularmente significativos para a indústria da moda e da estética pessoal. Arrisco expor, a seguir, as prováveis novidades que surgirão nesses dois setores em decorrência da seniorização já em curso.

Por enquanto, o pessoal sênior ainda está buscando rejuvenescer por meio da moda e das intervenções estéticas. Entretanto, dentro de pouco tempo, esse quadro será completamente invertido. A partir de certo ponto, o de virada, a revalorização da *seniority* levará a sociedade em geral a adotar o visual sênior como moda. Aí, veremos velhos clichês sendo recuperados. Vestidos abaixo do joelho para as mulheres, com estampas sóbrias, lenços enrolados no pescoço, blusas de manga longa ou três quartos, e sapatos foscos, afivelados discretamente. Luvas, leques e camafeus serão bem-vindos. Para os homens, a moda do chapéu irá voltar, assim como ternos folgados, lenço no bolso e sapatos brilhosos. Flor na lapela, bengala e guarda-chuvas longos serão itens de grande prestígio.

Garotos e garotas de vinte e poucos desprezarão parceiros abaixo dos cinquenta. Os diálogos serão do tipo:

— Ah, me conta de quando o Michael Jackson lançou "Beat It"!

Ou então:

— Você me quer esta noite de Indiana Jones ou Robocop?

As cirurgias degenerativas serão a grande novidade da medicina. A de inflamação induzida do nervo ciático será uma alternativa viável, porém a cirurgia de olhos — para ficar míope — ganhará especial notoriedade. Não conseguir enxergar um palmo diante do nariz se tornará sinônimo de madureza e sabedoria. Óculos de armações grossas, em tom escuro, serão os preferidos, e valerão como uma espécie de atestado de pertencimento do usuário às faixas etárias superiores.

No campo das intervenções estéticas, o transplante de rugas será uma forte tendência. Nesse contexto, haverá bancos de doadores de rugas à disposição dos adultos que desejarem abreviar seu caminho para a condição de sênior. Assim, será comum ver sujeitos fisicamente jovens portando as marcas do amadurecimento no rosto e no pescoço. A pigmentação artificial das mãos constituirá recurso complementar, a fim de tornar a aparência sênior mais verossímil.

Além das rugas transplantadas, o aspirante a sênior poderá, ainda, recorrer à inovadora técnica de tatuagem de comissuras supra e infralabiais. Desse modo, o cliente poderá escolher o grau de envelhecimento do contorno de sua boca com base num catálogo de imagens oferecido pelo tatuador. Embora impossível de ser revertido, o resultado poderá ser reforçado, sendo sempre possível aprofundar mais e mais o envelhecimento do contorno labial.

Os homens, seguramente, irão preferir recorrer ao enxerto de papada e de bolsas nas pálpebras. Um profissional que apresente um bom trecho de pelanca a balançar sob o queixo terá uma credibilidade muito maior e, consequentemente, chances melhores de conseguir emprego, promoção ou aumento de salário.

No que se refere à parte superior da cabeça, tinturas para tornar os cabelos grisalhos serão amplamente utilizadas, tanto pelos homens quanto pelas mulheres. Uma opção para os homens será a adoção da calvície prematura, bastando manter o cabelo raspado, no todo ou em parte, ou então fazer uma depilação permanente a laser.

Mas é claro que, como tudo na vida, chega um momento em que a simples aparência não basta. Por isso, o aspirante deverá aprender a pensar e agir como sênior. Essa será, sem dúvida, a parte mais complexa e polêmica do processo de seniorização.

Leitura de clássicos da literatura, cursos de filosofia oriental, técnicas de meditação, tudo isso poderá ser de grande utilidade. A indústria do lazer sofrerá forte influência das mudanças de hábitos da população. Em vez de sair para beber e dançar, as pessoas preferirão frequentar grupos formados com base na afinidade de gostos, que se reunirão em casa, ou mesmo em locais específicos para conversas, cursos, conferências e convenções: as novas academias.

Assim, a pergunta "Você vai à academia hoje?" deixará de se referir a se o outro irá correr na esteira durante trinta minutos, ou dedicar-se a levantar cargas cada vez mais pesadas. A resposta, no futuro que se avizinha, será provavelmente algo do tipo:

— Claro! Depois da sessão virtual do clube de leitura, às dezessete horas, irei à academia malhar um pouco o cérebro num encontro presencial sobre a importância de pensar duas vezes para não dizer bobagem.

Como se vê, certas questões não envelhecem jamais.

ECOS DE CLARICE

Junho/2022

Começou com Cristóvão Colombo e aquela história do desafio de colocar o ovo de pé no prato. Os perdedores — todos os que se encontravam presentes, excetuado Colombo — não se conformaram com a humilhação sofrida ao não conseguirem executar a façanha. Como se sabe, apenas o engenhoso comandante genovês foi capaz de assentar o ovo de pé, amassando-o de leve na base. Todos protestaram, claro. O fato de que, anos mais tarde, Colombo tenha morrido sem a certeza de que havia descoberto um continente inteiro não foi suficiente para aplacar a ira dos vencidos. Não sendo mais possível vingar-se do autor, resolveram castigar o instrumento utilizado para humilhá-los: o ovo.

Uma perversa conspiração foi tomando forma ao longo dos anos, decênios e séculos seguintes. Durante esse tempo, várias tentativas foram feitas para aniquilar o ovo. Uma das táticas mais utilizadas foi a calúnia. Os detratores tentaram, por exemplo, fabricar uma *fake news* bíblica ao disseminar a versão de que o livro sagrado jamais atribuíra à maçã o papel de fruto proibido, sendo mais provável que se tratasse de um fruto ovalado, depois convertido no "pomo-de-adão" do sexo masculino. "Ovalado", perceberam a sutileza? Outra associação insidiosa foi espalhar mundo afora a informação de que as cobras põem ovos, o que é verdadeiro para algumas espécies de cobras, assim como várias espécies de outros répteis. O terreno foi, assim, preparado para a cunhagem da expressão "ovo da serpente", que virou sinônimo de origem do mal. Ou seja: uma tentativa sub-reptícia de minar a idoneidade do ovo.

Todos conhecemos a prática de detonar publicamente uma performance de péssima qualidade por meio do arremesso de ovos podres. O infeliz alvo da nefasta artilharia, trate-se de artista, político ou palestrante, nem imagina que por trás desse costume bárbaro se esconde uma seita de inimigos do ovo, trabalhando em sigilo para conspurcá-lo moralmente, por todos os meios possíveis. Ao conceber o seu plano malévolo, a seita antiovo se aproveitou do fato de que o odor fétido exalado na explosão dos ovos apodrecidos adere não só ao corpo da vítima alvejada, mas ao nosso inconsciente coletivo, criando uma atmosfera evocativa da condenação das almas causada por sua irremissível decadência. O cheiro do ovo podre representa, assim, inconscientemente, o odor característico das regiões subterrâneas do inferno. Portanto, aquele sobre quem recai a descarga pútrida sente-se, imediatamente, como alguém banido do convívio dos bons, um desgraçado, carregando na própria pele, em forma de cheiro, a marca de sua pertença às hostes do demônio.

Mas o pior da campanha de solapamento moral do ovo ainda estava por vir. O golpe proveio de expoentes da ciência médica, que, a partir da década de 1970, disseminaram a noção de que o consumo de ovos estava diretamente associado a doenças cardíacas. Tendo em conta que estas constituíam a principal causa de morte em muitas regiões do mundo, inclusive no Brasil, o ovo passou a ser ostracizado por grande parte da população. Durante décadas, ninguém se atrevia a ingerir mais de um ovo por dia, e evitar o seu consumo era até mesmo recomendável para garantir uma vida com saúde. Curiosamente, mesmo com o banimento do ovo da dieta alimentar diária, as doenças cardíacas seguiam sendo a principal causa de morte em muitas regiões do mundo, inclusive no Brasil.

Com a adesão de boa parte da classe médica à ideologia antiovo, a campanha difamatória movida durante séculos ganhou credibilidade. A soma de uma pretensa verdade científica aos anteriores e falaciosos argumentos morais e religiosos permitiu à seita expandir sua base de apoio. O ovo parecia condenado à insignificância. Ninguém pensava no ovo como algo apto a existir por si mesmo, sem precisar de justificativas. Apenas se conseguia rejeitar o ovo, como espécie de excrescência do processo orgânico. Ovo bom era ovo descartado, ou evitado. Se ovo fosse mesmo bom, não apodrecia, não precisava de geladeira. Se ovo fosse de fato importante, para que galinha? Provava-se, e documentava-se, a falta de lugar adequado ao ovo, a falta de vez do ovo. O mundo não comporta formas ovoides. No máximo, se chega às esféricas. A Terra não é ovoide, nem a lua, nem Marte. Nenhuma construção é ovoide. Não se poderia habitar um ovo. O ovo, portanto, tinha que ser por força um equívoco, provocado pelo que não se precisa nem se deve saber. Aliás, o ovo tinha era que não ser.

Uma voz se levantou, ainda na primeira metade da década de 1960, para nos alertar acerca da inquietante, inapreensível, imprescindível ideia de ovo. Tão somente uma voz, que naquele momento foi ouvida por poucos, pois para que dar vazão à consciência e permiti-la dissertar de forma delirante sobre o ovo? Logo sobre o quê! Qual a importância de tecer considerações fantásticas sobre o jeito esquivo de ser do ovo? A que vinha tudo isso? Ninguém entendeu. Mesmo os que gostaram não entenderam, porque a mensagem foi premonitória. Tratava-se de preparar os espíritos desavisados sobre o que então se tramava secretamente, dar-nos argumentos para resistir aos propósitos contrários ao ovo. E Clarice nos deu muitos argumentos, não só lógicos, como também, e principalmente, ilógicos; além disso, ela nos deixou imbuídos de uma missão poética, delineada na parte final de seu conto "O ovo e a galinha".

    O texto de Clarice não se perdeu. Foi sendo lido e relido, por gente das mais diferentes idades; traduzido, chegou a povos de distintas origens. A mensagem começou a reverberar, embora a noção essencial ainda não estivesse consciente em nós. Após 58 anos de leituras, camadas e mais camadas de reflexão e hipóteses, acho que podemos, finalmente, chegar a ter uma ideia de quão profunda foi a intuição, a clarividência de Clarice. Passadas décadas, o argumento científico contra o ovo caiu por terra. O ovo finalmente deixou de ser o vilão das dietas, o pivô das doenças cardíacas. Agora recomenda-se, vejam só, o consumo regular de ovos, apenas com o cuidado normal de não exagerar. Que tal?

Suspeito de que o não desaparecimento do ovo de nossas vidas tenha estreita relação com a obra de Clarice. Anos antes que a idade das trevas do ovo se instaurasse no mundo, ela nos avisou de que era impossível entender o ovo. "Entender é a prova do erro. Entendê-lo não é o modo de vê-lo." A impossibilidade de entender o ovo é, no fundo, o que alimenta o ódio da seita antiovo, por não admitir tal possibilidade. Todo ovo precede tudo, e isso revolta quem requer precedência. Aliás, o ovo é uma miragem cósmica, contendo a memória do que nunca se viu. O ovo é um holograma materializado do próprio ovo. Sem saber de nada, o ovo acaba por ser superior a tudo; só que não é assim como o mundo teima em funcionar, não é essa a mola propulsora dos atos e fatos. A humildade do ovo em sua inatingível perfeição é um tapa na cara do mundo. Um tapa que o ovo mesmo não dá, mas a ideia que se faz do ovo dá. E dói! Dói como a própria fragilidade física do ovo que se leva em vez de bastão, correndo a prova olímpica de revezamento. Impermeável ao nosso suor, o ovo nos aguarda além da linha de chegada. Impávido, consubstanciado na medalha de ouro em forma de ovo que é um sonho, enquanto se olha a linha de chegada como a galinha olha o horizonte: "como se da linha do horizonte é que viesse vindo um ovo".

Já se sabe, não é possível amar o ovo. Ele é "supersensível", uma de suas superioridades que nos desconcertam. Mas é possível admirá-lo, em toda a inapreensível dimensionalidade dele. Foi isso que passamos a fazer, nós, os incrédulos dos defeitos que lhe quiseram imputar.

Por isso, não nos cabe outro rito senão o de manter aberta a janela; aquela por onde o ovo chega e pousa, juntamente com a luz que Clarice compartilhou.

A PERGUNTA DO MILHÃO

Julho/2022

Por volta de 1950, uma reunião ultrassecreta teria colocado um seleto grupo do alto escalão de segurança norte-americano, presidido pelo máximo governante da superpotência ocidental, frente a frente com lideranças das forças extraterrestres que monitoravam a Terra. Como todos sabem, as atividades alienígenas haviam aumentado muito, sobretudo após a detonação das bombas atômicas ao final da Segunda Guerra Mundial. Avistamentos e casos de abdução tornavam-se cada vez mais frequentes. O episódio de Roswell, no Novo México, teria, pela primeira vez, possibilitado a captura de seres extraterrestres, assim como a primeira identificação consistente de um objeto voador alienígena.

Naquela época, contudo, com a informática ainda engatinhando, os técnicos e cientistas não conseguiam entender o funcionamento da geringonça voadora. A famosa "engenharia reversa" mostrava-se algo impossível de ser feito. Por outro lado, a alegada detenção dos tripulantes da nave haveria se convertido num trunfo, que os norte-americanos não tardariam a fazer valer ante os alienígenas, desesperados por resgatar os seus companheiros de missão.

Segundo supostos relatos vazados anonimamente, a reunião teria sido bastante tensa. Os alienígenas tentavam entender o que os humanos diziam e pretendiam. Eles procuraram estabelecer algum tipo de conexão telepática, mas não havia compatibilidade possível entre as ondas cerebrais emanadas de cada um dos lados da mesa. A certa altura, o governante norte-americano teria elevado a voz e dito:

— É o seguinte: podem abduzir, desde que não maltratem os nossos cidadãos e os devolvam, em boas condições, logo após os testes feitos a bordo. Não iremos perseguir nem atacar as suas naves. Além disso, restituiremos os seus companheiros em nosso poder. Só que, em troca, terão que nos ajudar a entender como raios funciona a tecnologia empregada nesses malditos discos voadores de vocês!

O resultado desse encontro permanece alvo de discussão. Um grupo acredita que um acordo teria sido alcançado, o que explicaria a aceleração verificada no desenvolvimento tecnológico nas décadas seguintes, inclusive no que se refere ao advento das viagens espaciais. Um segundo grupo acha que o encontro de fato ocorreu, mas não teria produzido nenhum resultado prático, seja pela impossibilidade de comunicação entre as partes, seja pela não aceitação dos termos negociados. Um terceiro grupo, o dos céticos, sustenta que o fenômeno da presença extraterrestre não passa de mistificação; portanto, uma reunião desse tipo jamais poderia ter acontecido.

De minha parte, acho fascinante o fenômeno dos OVNIs. Não só porque estimula a imaginação, fornecendo assunto para histórias fantásticas variadas, mas principalmente pelo que revela sobre nossos desejos, anseios e temores coletivos. Já conheci quem jura ter visto um objeto em forma de charuto (cubano?), flutuando numa zona campestre; ou deparou com uma esfera de brilho intenso, materializada em pleno dia, na rua de uma cidade, e que, logo após uma série de giros e lampejos, desapareceu tão misteriosamente como surgira.

A solidão cósmica parece consistir num problema e tanto. Não nos basta proliferar em massa, gerar cerca de oito bilhões de semelhantes para que transitem, roçando seus corpos, num mundo cada vez mais interligado. O valor, ou o sentido, da existência não muda de grau em função do aumento exorbitante da população planetária. Desejamos respostas, que talvez possam vir a ser transmitidas por membros de sociedades mais avançadas, civilizações alienígenas. Também, de certa forma, ansiamos por sermos monitorados, acompanhados nos passos de nossa incerta evolução. Mesmo porque o nosso sucesso em dominar o planeta não nos torna mais convivíveis nem confiáveis, como bem o demonstram as guerras que nos fustigam repetidamente, em todos os séculos, inclusive no atual.

Então, como resistir a imaginar-nos monitorados por uma raça superior, que se comporta pacificamente, pacientemente? Seres que nunca puxaram uma arma, que jamais deram um tiro sequer. Que na maioria dos casos apenas se fazem notar, de modo esporádico, como quem diz: "Ei, estamos aqui, viu? Não deixaremos que incidam no erro grotesco da autoextinção". Os muitos avistamentos de OVNIs junto a campos militares, inclusive a celeiros de armas nucleares, poderiam ser fortemente indicativos desse tipo de preocupação dos ETs, encerrando uma mensagem veladamente dissuasora sobre o uso da violência extrema.

Você fatalmente já se perguntou, ou irá se perguntar: por que raios uma civilização assim perderia tanto tempo em nos observar? A verdade é que ninguém sabe como funciona a medida de tempo para os alienígenas que alegadamente nos visitam, o que dependeria dos ciclos biológicos de sua espécie. Uma década nossa poderia equivaler a um dia, ou mesmo uma hora para eles, talvez até mesmo meros segundos. Portanto, o tempo perdido pelos ETs ao observar o curso da nossa história recente poderia ser ínfimo, irrisório. E não esqueçamos que o tempo possui um componente psicológico importante. Quando, por exemplo, dominamos a matéria do exame, o tempo de prova nos parece dilatado, mais que suficiente; quando não a dominamos, parece demasiado curto e insuficiente. Os alienígenas poderiam saber como tirar vantagem disso.

Outra pergunta: por que tantas abduções e tantos testes praticados em humanos? Se a tecnologia alienígena é tão mais avançada, não bastaria um mero punhado de testes para que obtivessem as informações necessárias sobre nós? A existência de diferentes grupos de alienígenas seria uma resposta possível, mas soa muito *Men in Black* para mim.

Simplesmente, acho que os ETs poderiam muito bem saber que esse tipo de atividade nos ajuda a manter viva a sensação de interesse deles por nós. Se as abduções fossem descontinuadas, a humanidade perderia uma importante fonte de consolo para sua angústia existencial.

E, para terminar, a pergunta que vale um milhão: afinal, "eram os deuses astronautas?" Tiveram os alienígenas um papel motor na evolução da espécie humana? Descenderíamos deles, de alguma maneira, talvez como fruto de suas experiências genéticas? Se a história bíblica da criação do homem perdeu sustentação, ao menos no plano da literalidade, por outro lado, a versão científica de que teríamos evoluído de criaturas simiescas primitivas, mais parecidas com macacos do que com os homens e mulheres modernos, provoca resistência na maioria de nós, quer conscientes, quer inconscientes. De novo, tornamo-nos presas fáceis para noções como a de que poderíamos ser o resultado calculado de um projeto de evolução conduzido por uma civilização extraterrestre avançada (reparando bem na humanidade, nem tão avançada assim).

Por isso, se eu pudesse ter estado presente naquela famosa reunião de 1950, teria feito aos *aliens* a pergunta milionária e esclarecido a questão de uma vez por todas. A resposta talvez chocasse tanto quanto a revelação de Darth Vader em *Guerra nas estrelas*: "I am your father".

UGABUBUGA

Agosto/2022

Um grupo de cientistas lusófonos, entre os quais alguns dos nossos, fez uma descoberta impressionante no campo linguístico-cultural da evolução. Não à toa a expressão "ugabuga" vem sendo usada há gerações para definir, embora de forma um tanto jocosa, os primórdios da comunicação na espécie humana. Parece incrível, mas "ugabuga" poderia, de fato, representar uma sobrevivência da primeira palavra-frase articulada pela humanidade: "Ugabubuga".

A hipótese se apoia na ideia de que, ao contrário do que pensamos, na história evolutiva da linguagem as palavras não teriam antecedido as frases. O primeiro a surgir como núcleo de significado teriam sido estruturas de sentido mais extenso do que as simples palavras; tais estruturas corresponderiam a sequências sonoras aglutinadas, formando um enunciado primitivo. Se estivéssemos falando de música, diríamos que primeiro teriam vindo à luz trechos melódicos, depois as notas e os acordes. Esses núcleos duros de primitivo sentido semântico são denominados fralavras (fusão de palavra e frase).

Ao pesquisar as sobrevivências linguísticas arcaicas no inconsciente coletivo, os paleofilólogos identificaram em "ugabuga" e "gugu-dadá" (ou "dadá-gugu") fortes indícios de que poderiam haver pertencido às hipotéticas estruturas denominadas fralavras. Talvez esses dois conjuntos fossem parte de uma mesma fralavra, mas isso é mera especulação. Dada a complexidade da matéria, deverá tardar ainda algumas décadas até que esse ponto seja definitivamente esclarecido.

De acordo com os pesquisadores, as fralavras encerravam um complexo de significados possíveis. "Ugabubuga" poderia, assim, expressar coisas tão distintas quanto declarações de amor ou protestos de fome, variando do sedutor ao irritadiço. A primeira grande clivagem entre as famílias linguísticas teria ocorrido, talvez, antes mesmo de o sapiens ter se tornado a espécie humana predominante para, a seguir, conquistar o posto exclusivo de única espécie humana do planeta. Nesse contexto pré-histórico, o processo evolutivo na esfera cultural teria levado um grupo linguístico a desenvolver-se com base no recurso à entonação como meio de atribuir diferentes sentidos à mesma fralavra. Pode-se, assim, imaginar que a fralavra "Ugabubuga" possuísse um determinado significado, se articulada de forma plana, e outro muito distinto, se articulada com sinuosidades sonoras: uugaáábubuuugaááá. Esse teria constituído o caminho que acabaria conduzindo às línguas tonais, como as faladas hoje na China e noutros países asiáticos.

Acreditam alguns cientistas que, no Ocidente, a linhagem das línguas tonais não tenha prosperado por haver estado ligada sobretudo aos neandertais. Habitantes de regiões frias, vivendo em estruturas tribais menores, os neandertais teriam desenvolvido a arte do canto para melhor suportar os longos invernos boreais. Sua habilidade como cantores, aplicada à fala primitiva, teria propiciado o surgimento de um sem-número de variações de sentido para as poucas fralavras disponíveis. Essa profusão de significados teria resultado num emaranhado comunicativo atroz, que, segundo alguns pesquisadores, estaria entre as explicações para o desaparecimento daquela população humana.

O grande grupo linguístico formado pelos idiomas ocidentais acabou tendo origem na divisão das fralavras de antanho. Nesse percurso, teria sido a decomposição de tais estruturas em núcleos menores de sentido o que teria levado ao desenvolvimento e, por conseguinte, ao enriquecimento da linguagem. Em vez de atribuir significado por meio de variações tonais, essa família linguística apostou no fracionamento das fralavras primitivas e na recombinação de seus fragmentos, para construir o que viriam a ser os elementos hoje presentes na fala: as palavras e as frases.

Em tal contexto, muitos acreditam que a primeira segmentação sofrida pela estrutura "Ugabubuga" tenha sido "U gabu buga", o que corresponderia, no balbuciante dialeto da época, a "Eu (te) amo mãe". Aos que veem nessa fórmula algo essencialmente pueril e, mesmo, ridículo, recomenda-se refletir sobre a inegável centralidade do fenômeno afetivo mãe-prole em todos os mamíferos conhecidos, sendo o reforço e aprofundamento desse vínculo vital um dos fatores que mais têm impulsionado a sociabilidade humana ao longo dos tempos. Portanto, soa bastante lógico que "Eu (te) amo mãe" possa ter sido a primeira fixação de sentido a assentar-se sobre os núcleos fracionados da fralavra primitiva "Ugabubuga".

Não obstante a força socioantropológica do argumento anterior, um grupo numeroso, formado principalmente por paleofilólogos evolucionistas, vem defendendo a ideia alternativa de que a primeira divisão da matriz "Ugabubuga" teria sido "Uga bubuga", que significaria "Eu quero isso". O grupo, entretanto, é marcado por profunda cisão interna. De um lado estão os que acham que "Uga" corresponderia a "Eu quero" e "bubuga", a "isso (aí)". Outros pensam que "Uga" seria simplesmente "Eu" e "bubuga", "quero (isso)". Seja como for, a hipótese geral do grupo tem forte amparo na ciência da filologia, a qual considera logicamente mais provável que a primeira divisão de "Ugabubuga" tivesse dado origem a dois núcleos de sentido ("Uga bubuga") e não a três ("U gabu buga").

Um terceiro grupo, menos numeroso, apregoa que a estrutura "Ugabubuga" teria sido, de início, fracionada em "Uga bubu ga", cujo significado seria "Eu odeio isso (esse aí)". Esse grupo é formado por paleopsicoantropólogos que atribuem grande peso evolutivo à agressividade primária e às atitudes egoístas, que tenderiam a afirmar o ego individual de modo mais eficaz do que os laços amorosos. Antes, portanto, de gratificar a mãe, expressando ternura em retribuição ao aconchego materno, o *homo* primitivo teria julgado mais urgente deixar claro que não gostava nadinha de que o irmão mais velho, ou primo, viesse disputar o seu espaço privilegiado junto à figura materna. Daí a alegada precedência de "Uga bubu ga", ou seja: "Eu odeio isso (esse aí)".

A hipótese apresentada pelo terceiro grupo de pesquisadores acabou por inspirar a formação de um quarto e, ainda, um quinto grupo. Com base nas mesmas premissas teóricas do terceiro, o quarto grupo se mostra convencido de que a divisão primordial de "Ugabubuga" teria sido "Uga bu buga", querendo dizer "Não (me) enche o saco".

Na mesma linha, o quinto e último grupo, menos numeroso devido a ser o mais recente dos cinco, propugna pela ideia de que a primeira frase articulada pela humanidade tenha sido "U gabu bu ga". Essa hipótese é fortalecida pelo fato de que sua tradução — literalmente: "Vai se ferrar, meu" — representa um extraordinário prenúncio do tipo de sociabilidade que, milhares de anos mais tarde, viria a predominar ao longo do processo civilizatório, perdurando até os dias atuais.

200

Setembro/2022

No contexto das celebrações de importante data cívica, um país de grandes dimensões territoriais e populacionais, além de muito rico em recursos naturais, porém conflagrado por uma série de problemas internos, resolveu enviar uma delegação de 200 cidadãos, das mais diversas extrações profissionais, para visitar um pequeno arquipélago localizado próximo à costa ocidental africana. A missão tinha como objetivo descobrir como esse diminuto país, de recursos naturais escassos, com reduzida população, contando menos de cinquenta anos como nação independente, conseguia viver de forma harmoniosa, sem os dramas, sobressaltos e instabilidades que sacudiam o gigante e colocavam em xeque o seu desenvolvimento.

A expedição partiu no primeiro dia do ano, num barco fretado mediante o patrocínio de diversas empresas e instituições, interessadas em obter respostas para a falta de previsibilidade dos rumos nacionais. A viagem estava programada para durar no máximo quarenta dias — dez de ida, outros tantos de volta, somados a uma estada de até vinte dias —, de modo a permitir que, uma vez de regresso à pátria, os resultados fossem tempestivamente divulgados. Havia, inclusive, a expectativa de que os dados colhidos na missão inspirassem, na ocasião da tal efeméride, o anúncio oficial de algum projeto de impacto nacional. Porém, no trajeto de ida, um denso nevoeiro fez o barco não somente retardar a marcha como também desorientar-se e enveredar para o sul. A mudança de rota obrigou a embarcação a abastecer-se noutros lugares, inicialmente não previstos.

Quando, por fim, o barco chegou ao seu destino, o grupo foi recebido como se se tratasse de missão oficial. Os governantes e instituições locais demonstraram excepcional disposição em agendar reuniões para conversar sobre os mais diversos aspectos de sua realidade nacional, assim como responder às indagações dos sequiosos visitantes.

Os anfitriões sustentaram as conversas em tom ameno, marcado por profunda cordialidade, sempre procurando ressaltar as qualidades positivas do país dos visitantes, pelo qual professavam genuína admiração. De modo a não contaminar os laços de afeto e amizade entre as duas nações, evitaram mencionar as fragilidades do gigante, ou tocar em pontos que pudessem suscitar polêmica. Restringiram-se a descrever as características de seu próprio país, suas muitas limitações — derivadas sobretudo da geografia e de uma longa história colonial —, como também suas surpreendentes fortalezas — igualmente oriundas da geografia e de uma virtuosa, embora ainda curta, trajetória como nação independente, da qual os cidadãos, em sua maioria, se orgulhavam. Em nenhum momento os anfitriões aludiram, por exemplo, ao elevado índice de violência do país dos visitantes, cerca de seis vezes superior à média mundial; nem ao fosso de desigualdade a separar ricos e pobres. Longe disso. Os anfitriões compenetraram-se em apenas fornecer os dados necessários e esclarecer dúvidas.

Na véspera da partida, a missão foi homenageada com um coquetel ao ar livre. Transcorrida uma hora de confraternização entre os convivas, o mestre de cerimônias fez pausar a música ao vivo, que animava a festa juntamente com os drinques e salgadinhos, e chamou o representante da expedição estrangeira para que proferisse algumas palavras de ocasião em nome do grupo. O representante, que tinha pretensões de aceder a importante cargo político em seu monumental país, procurou resumir as principais impressões retiradas da visita, com a ressalva de que a massa de dados informativos deveria ainda ser adequadamente digerida, coisa que tomaria algum tempo. Contudo, em caráter preliminar, era possível dizer que o grupo ficara bastante impressionado com a tranquilidade reinante, que traduzia, a seu ver, a confiança da maioria dos cidadãos em seus líderes, em suas instituições, bem como em suas próprias capacidades enquanto povo, um povo que, curiosamente, tinha numerosas comunidades residentes no exterior que remetiam anualmente vultosas quantias à terra natal, em solidariedade aos que ali haviam ficado. A delegação visitante também se surpreendera com o elevado grau de escolaridade dos habitantes locais e o fato de as elites políticas e profissionais serem, em grande parte, graduadas no exterior, em instituições respeitadas. Em seu regresso, os profissionais superiores traziam não apenas apurados conhecimentos técnicos como também bagagem cultural e mentalidade apta ao enquadramento do país no contexto dos desafios globais, traçando metas salutarmente ambiciosas de desenvolvimento nacional. Antes de concluir o discurso com um comovido agradecimento pela hospitalidade recebida, o delegado representante parabenizou o país anfitrião pelos consideráveis êxitos alcançados em tão curto tempo de existência como nação independente e prometeu levar sugestões à pátria, com base nas observações feitas e conversas mantidas.

No trajeto de volta, o barco que transportava o grupo novamente enfrentou espesso nevoeiro, só que desta feita o desvio tomou rumo norte. O frio aumentava à medida que o barco ia avançando na direção do Ártico. A expedição, pega de surpresa, sem roupas adequadas, enrolou-se nas mantas e lençóis disponíveis na embarcação. Para melhor se aquecer, o grupo fez do refeitório uma única habitação coletiva, de onde não saía nem para dormir. Durante dias, colados uns nos outros, seu passatempo foi discutir a experiência da visita ao arquipélago. A conversa logo se concentrou nas enormes diferenças entre os dois países. Era fácil administrar a realidade nacional quando se tinha uma população de país insular; queria ver se tivessem um país continental, com centenas de milhões de pessoas reivindicando todo tipo de atenção. A escassez de recursos gerava pouca riqueza, e isso era simples de gerenciar; queria ver se tivessem que disciplinar toda sorte de "corridas do ouro" em várias "Califórnias" dentro de suas fronteiras. Possuir uma elite profissional e político-administrativa homogênea em termos de qualidade técnica e nível cultural era fácil quando se podia desfrutar das contribuições filantrópicas oferecidas pelos países desenvolvidos; queria ver se não tivessem a vantagem de ser pequenos e poucos. Apresentar reduzidos índices de violência era fácil quando quase todos se conheciam; queria ver se tivessem grandes favelas, traficantes poderosos e crime organizado. Queria ver, repetiam os membros da expedição. E, assim, acabaram vendo o contorno de seu país desenhar-se no horizonte. Pisaram em terra firme na data em que completavam 200 dias de viagem.

O representante do grupo, que, conforme se disse, nutria ambições políticas, foi incumbido de redigir o relatório da missão para entrega aos patrocinadores. Estes, por sua vez, esperavam poder transmitir uma sugestão ao governo central, com base nos resultados da missão. Passou o tempo e a importante data cívica foi comemorada sem nenhuma mensagem transcendente. Meses mais tarde, o representante apresentou finalmente o seu relatório, que se estendia por 200 páginas. Nele descreveu, no geral, o pequeno país insular visitado e reconheceu suas qualidades. Ponderou, contudo, que, dadas as enormes discrepâncias entre o país visitante e o visitado, nada da experiência do segundo poderia ser aplicado ao primeiro. Concluiu a peça com a seguinte reflexão: "O tempo de amadurecimento de uma nação guarda correspondência direta com a área ocupada por seu território, o tamanho de sua população e a abundância de recursos naturais. Quanto maiores forem esses fatores, mais lenta será a evolução nacional. Somos, portanto, ainda muito jovens; dispomos de tempo de sobra para amadurecer".

FLORES E PLANTAS DA MODA

Dezembro/2022

No ano que ora vai se encerrando, presentear com flores voltou a ser um hábito corrente na vida social. O declínio da pandemia de covid-19 parece haver retirado de seu intervalo letárgico o desejo de celebrar encontros e datas especiais mediante a oferta de flores. Mas não apenas flores. Também algumas plantas passaram a ocupar vasos embrulhados em papel de presente, quer por possuírem valor ornamental, quer por apresentarem propriedades úteis ou de interesse para alguma ocasião. Assim, o cultivo de certas espécies ganhou particular relevância ao longo do ano, tornando-se fenômeno digno de nota. Estranhamente, pouca atenção tem sido dada a essa tendência da atualidade, ainda não devidamente registrada e analisada nos canais da imprensa e das mídias sociais.

Atrevo-me, em tal contexto, a preencher a lacuna existente, oferecendo ao estimado público leitor as flores e plantas do momento; não fisicamente, bem entendido, e sim elencando-as na forma de um listado das espécies vegetais mais frequentes, ou pervasivas, no campo da vida social cotidiana. Seguem seus nomes e características principais:

Fanaticácias. Utilizadas tradicionalmente por seitas fundamentalistas na decoração de ritos e mensagens, as fanaticácias vêm tendo o seu uso fortemente ampliado nos tempos correntes. Sua produção é das mais fáceis, pois proliferam abundantemente em terrenos incultos, não exigindo nenhum cuidado especial. Pelo contrário, as fanaticácias se ressentem de qualquer tentativa de poda ou trato ao seu crescimento, que tende a ser desgovernado, e costumam reagir acelerando ainda mais o seu ciclo metabólico e reprodutivo. Portanto, ao presentear fanaticácias a alguém, certifique-se de que essa pessoa irá ignorar solenemente o presente e, mais ainda, o que é fundamental, de que irá livrar-se dele na primeira oportunidade, de modo a evitar problemas num futuro que poderia estar bem próximo.

Agressilvas. São as flores mais facilmente encontráveis na atualidade. Florescem em todas as estações do ano, proliferando nos mais diversos ambientes, desde uma pobre calçada de rua a escritórios modernos e climatizados. Talvez por essa sua natural e excessiva distribuição na sociedade, que as torna comuns e baratas, as agressilvas não costumam ser apreciadas por quem é com elas presenteado. Consequentemente, têm sido usadas em arranjos na decoração de lugares públicos de alta frequência, tais como corredores, saguões e balcões de atendimento em aeroportos, rodoviárias e, mesmo, hospitais.

Nadacontras. Aparentadas com as avencas, são popularmente utilizadas no tratamento das desavenças. Aplicando-se o emplasto de nadacontras sobre uma ferida, evita-se a evolução do problema para um quadro grave, o que poderia colocar em risco a vida do paciente. O chá de nadacontras é muito recomendado para prevenir irritações ou ulcerações na pele ou no humor. Seu uso decorativo nos ambientes domésticos tem uma história mais antiga que a tradição do Feng shui, remontando aos primórdios do período neolítico, anterior à civilização. Exalam um perfume adocicado, levemente embriagador, que tem propriedades calmantes. Não deve ser cultivada junto com agressilvas, nem com fanaticácias.

Amargoridas. Florescem, tradicionalmente, nos outonos das paixões. Seus botões podem surgir em locais de trabalho, estudo ou diversão. Depois de desabrochar, as flores das amargoridas veem suas pétalas se metamorfosearem em tentáculos parasitários, que se enrolam no caule da planta, fazendo-a sucumbir. Para evitar o desfalecimento, convém regá-la diariamente com uma infusão de cachaça e mel, administrada no período da manhã. Deve-se cuidar, porém, para não exagerar na dose, o que poderia transformar a planta de amargorida num pé de cana.

Vilipêndias. Afamadas pelo veneno de seus espinhos, as vilipêndias sempre foram empregadas nos rituais da política, como oferenda preferencial aos inimigos encarniçados. O protocolo manda atirá-las sobre a pessoa que se quer presentear, a qual, via de regra, já se encontra preparada para reciprocar o ato em igual medida. A demanda por vilipêndias cresceu sobremaneira nos últimos tempos, o que fez a planta tornar-se conhecida do grande público. Atualmente, sua faixa de uso começa a ser alargada, passando a incluir ambientes escolares e órgãos colegiados.

Obsedânias. A tradição popular afirma que a planta ajuda a expulsar espíritos malignos em rituais de exorcismo. Difíceis de cultivar, as obsedânias requerem condições climáticas e atmosféricas especiais: devem ser semeadas na seca, florescendo apenas durante as tempestades que apresentam incidência de raios. O uso dessa planta tem crescido bastante no meio psicoterápico, especialmente como coadjuvante em terapias de casal.

Papoditoulas. Suas flores grandes e vistosas produzem um pólen abundante, utilizado como matéria-prima na indústria cosmética. Além de sua presença em cremes e óleos, o extrato de papoditoulas também pode ser ingerido via oral, por meio de balas de goma mastigáveis. Com propriedades que estimulam a conversação, as papoditoulas têm presença assegurada em spas, *reality shows* e programas de auditório na televisão. O consumo exagerado de papoditoulas pode levar a uma progressiva alienação diante de questões de ordem prática, com efeitos prejudiciais para a vida doméstica e profissional dos usuários.

Juvenilindrosas. Tardam treze anos para florir e sua flor perdura, em média, pelos treze anos seguintes. Muito suscetíveis a correntes de ar e de opinião, as juvenilindrosas necessitam ser criadas em estufas onde vigorem condições ideais de temperatura (climatizada), pressão (próxima do zero) e, sobretudo, expressão (próxima do máximo). São plantas epífitas, assim como as orquídeas, e costumam crescer sobre camas, sofás e almofadas. Embora sejam encantadoras, e sob certos aspectos curiosas e engraçadas, deve-se evitar colocá-las na sala quando há convidados, pois a frequência sonora das vozes adultas estimula a emanação de substâncias tóxicas pelas folhas das juvenilindrosas, o que poderá comprometer o ambiente da reunião.

Interessante será observar como o mercado das flores e plantas irá comportar-se no próximo ano. É provável que algumas dessas espécies, se não a maioria, continuem ocupando a preferência do público. De minha parte, peço apenas que não me presenteiem com nenhuma delas, especialmente vilipêndias. Mas, se fizerem muita questão, então, por favor, tragam-me nadacontras.

CÃES EM ALTA

Janeiro/2023

Tive um fraco por cães na juventude, o que me levou a três tentativas de ter um deles como animal de estimação. Todas as vezes, no entanto, por uma razão ou por outra, acabei dando o cãozinho a um novo dono, mais apto do que eu para a função. No fim das contas, após incontáveis idas ao veterinário, confesso que quem terminou vacinado fui eu. Isso não significa que não continue gostando de cães, apenas que não desejo mais ser responsável por nenhum deles.

O fato de ter tido uma paixão por cães durante um bom tempo em minha vida me habilita, hoje, a entender o fascínio que exercem sobre a maioria das pessoas em praticamente todo o mundo. Com suas raças dotadas de tantas cores, tamanhos e temperamentos diferentes, mas sempre capazes de se comunicar entre si e sociabilizar alegremente, os cães — muito mais do que os gatos — nos proporcionam lições de convivência em meio à diversidade.

Nada mais natural, portanto, que muita gente esteja pensando em incorporar um espécime canino à família no ano que recém começa. Se você faz parte desse grupo, e ainda não se decidiu por nenhuma raça específica, trago informações valiosas sobre um punhado de novas linhagens caninas, que vêm ganhando espaço na atualidade. Além de ampliar suas possibilidades de escolha, saber ao menos o básico sobre essas raças em alta, descritas a seguir, poderá ajudar nas conversas com outros donos de cães, ou numa eventual afiliação a um clube de cinófilos.

1. **Borderline collie.** Cão de temperamento em princípio dócil, porém deveras suscetível a qualquer gesto de desaprovação. Por ser desaconselhável repreendê-lo, o treinamento do borderline collie é, no mínimo, extremamente delicado e penoso, para não dizer impossível. Assim, ao optar por essa raça simpática, você deve estar consciente de que a tolerância às infrações domésticas será uma constante em sua vida. Todos os dias, será você o responsável por localizar e limpar os dejetos caninos deixados pela casa. Detalhe: você jamais poderá gritar com o borderline collie se ele resolver fazer as necessidades no seu quarto, ou mesmo na sua cama. Muito espertos, os borderline collies irão choramingar com insistência até conseguir o que desejam, seja um passeio no parque quando você está menos disposto, seja o melhor pedaço da suculenta refeição em seu prato quando você está faminto.
2. **Cão-esquimó bipolar.** Originária do cruzamento entre espécies dos dois polos planetários, essa raça caracteriza-se pela capacidade de mudar radicalmente o humor (o do cão e, em sequência, também o do dono) de uma hora para outra. Trata-se de um

cão moderno, adaptado aos ambientes refrigerados nas grandes cidades, ideal para quem gosta dos altos e baixos da convivência. Embora considerada uma raça de trabalho, é frequente que as tarefas atribuídas ao cão-esquimó bipolar sofram paralisações em sua execução, às vezes por longos períodos, porque o espécime em questão mais parece um urso hibernando numa caverna. Em tais situações, o cão apresenta-se apático, sem ânimo até para latir. Por outro lado, o atraso na execução das tarefas poderá ser amenizado, ou eventualmente nem ocorrer, caso o tempo perdido venha a ser compensado pela alta velocidade desenvolvida pelo cão-esquimó bipolar quando este se põe eufórico, ao sair da fase depressiva.

3. **Dogue neonazi.** Por sua assustadora agressividade, o dogue neonazi é vocacionado para o serviço de guarda da família, do patrimônio e dos valores nacionalistas mais extremados. É uma raça de porte avantajado, com maxilares fortes, que asseguram uma mordida potente e brutal. A pureza do *pedigree* é aferida pelo exame do olho, que deve ser de um azul gélido e ter a íris cercada de veios sanguíneos salientes. Outras características da raça são o rosnado constante, o latido estrondoso e a boca espumante enquanto late. O dogue neonazi é muito obediente, podendo ser treinado com facilidade para arremeter contra potenciais inimigos. Apesar de excelente escolha para cão de guarda, convém estar ciente de que os cães dessa raça nunca atacam indivíduos brancos e que aparentem prosperidade.

4. **Galgo de carreirismo.** É a raça preferida como mascote nos ambientes corporativos. Esses cães estão sempre prontos a executar qualquer tarefa, demostrando especial eficiência em lamber os sapatos de quem se encontra no comando. Um galgo de carreirismo é capaz de acelerar de zero a cem quilômetros por hora num corredor de menos de trinta metros, desde que receba um chamado da extremidade onde está localizado o escritório da chefia. Pode-se incrementar o rendimento do galgo de carreirismo se, em vez de uma lebre, se colocar diante de seu focinho o par de sapatos do chefe, ou acenar-lhe com uma possível promoção ou outra recompensa dentro da estrutura corporativa. Embora útil, e ocasionalmente divertido, o galgo de carreirismo muda de dono com facilidade, bastando que lhe ofereçam oportunidades melhores de recompensa.

5. **Glúten retriever.** Raça preferida daqueles que seguem dietas ou sofrem com restrições alimentares, o glúten retriever é, sem dúvida, um grande aliado quando se trata de implementar medidas de controle de peso. Dotados de um faro de invulgar sensibilidade, os indivíduos dessa raça são capazes de rapidamente acusar a presença de glúten em qualquer alimento. Quando isso acontece, o cão começa a ganir e salivar, olhando com insistência para o dono até que este lhe dê autorização para devorar a porção gluteica. Portanto, o glúten retriever não apenas indica o risco alimentar como também o elimina completamente, garantindo

a segurança e o bem-estar de seu dono. Talvez por isso, as estatísticas têm mostrado que os donos de glúten retrievers vivem acima da média. Infelizmente, não se pode dizer o mesmo dos cães dessa raça, que vivem, em média, apenas metade do tempo das demais raças.

6. **Lulu da pomucrânia.** Derivados de uma antiga linhagem de pequenos cães de companhia, os lulus da pomucrânia têm sofrido mutações recentes, que vêm fazendo aumentar o interesse do público pela raça. Sua característica diferencial mais importante é a de, uma vez desafiados, se transformarem de pacatos cãezinhos domésticos em ferozes lutadores de rua. Nesse processo de transformação, os lulus da pomucrânia podem dobrar, triplicar, ou mesmo, a depender da natureza do desafio, quadruplicar de tamanho. Registram-se casos em que lulus da pomucrânia deram surras homéricas em borzóis e outros grandalhões do gênero. Entretanto, quem se interessar pela raça deve saber que seu comportamento se encontra em estudo, não sendo ainda possível determinar até onde pode crescer um lulu da pomucrânia.

7. **Pastor das periferias.** Os pastores das periferias são cães especializados não só em reunir rebanhos, mas em fazê-los sentir-se protegidos contra inimigos invisíveis. Para tal fim, os pastores das periferias mantêm uma curiosa divisão de trabalho: enquanto uns uivam à noite, escondidos, dando a impressão de haver lobos ferozes por perto, outros circulam em torno, latindo alto, projetando uma ação protetora, de efeito tranquilizador

sobre o rebanho. Os que se interessarem pelos serviços dos pastores das periferias devem ter presente que essa raça de cães de trabalho é de manutenção onerosa, requerendo o esforço de todo o rebanho para sua alimentação, moradia e lazer.

8. **Thai boxer.** Apesar de amáveis, os thai boxers não perdem a oportunidade de entrar em luta com outros cães. Por isso mesmo, passear com o seu thai boxer pode ser para lá de cansativo. Sua maior particularidade é que, ao lutar, o thai boxer não morde, valendo-se exclusivamente das patas e da cabeça maciça para atacar e se defender. Quando treinados pelo próprio dono, desenvolvem com ele um vínculo perene, convertendo-se em protetores fiéis, dispostos a dar a vida por seus amos. O único problema é que o treinamento costuma ser bastante doloroso para quem está no papel de treinador, o que faz muitos donos de thai boxers desistirem do processo após sofrerem as primeiras lesões.

Os que optarem por qualquer das raças mencionadas e quiserem enviar comentários relatando as experiências vividas com os seus cães, tudo bem. Só não me escrevam para dizer que não foram devidamente avisados.

VEM CÁ, GAMBÁ!

Fevereiro/2023

Já imaginou uma campanha *ecofriendly* com o lema "Vem cá, gambá"; ou então: "Abrace já o seu gambá"? Pode soar estranho, mas algo assim já vem acontecendo por iniciativa de ambientalistas brasileiros, defensores da causa pró-gambá. A expansão das áreas urbanizadas não raro leva a que se invada o *habitat* desses simpáticos marsupiais — aqueles mamíferos que já vêm com bolsa embutida na barriga (coalas, cangurus & cia.) —, colocando-os, involuntariamente, em contato com os seres humanos, também mamíferos, só que com bolsas avulsas, pelas quais nos dispomos a pagar pequenas fortunas. Como se pode imaginar, o resultado desse encontro tem sido dramaticamente desvantajoso para os gambás, que se tornam alvo de maus-tratos e agressões, muitas vezes letais.

Conforme aprendi recentemente graças a um destacado ambientalista amigo meu, as quatro espécies de gambá distribuídas pelo país são inofensivas e, inclusive, benéficas, pois ajudam no combate a inúmeras pragas e animais peçonhentos, tais como escorpiões e cobras. Não obstante esse fato, o gambá segue sendo vítima de uma aversão irracional generalizada, fundada quer em superstições — o temor quanto à malignidade das "criaturas da noite" —, quer em ideias sem lastro na realidade, como a de que os gambás são transmissores de doenças e insuportavelmente fedorentos (esta última acusação é verdadeira para uma espécie diferente: o cangambá, encontrável na América do Norte e popularizada nos cartoons da Warner Bros.).

Para além dos argumentos racionais em seu favor, e da gratificação moral comum às lutas contra as injustiças, a causa pró-gambá ganha notável ímpeto quando vemos as ternas imagens dos filhotinhos órfãos recebendo cuidados básicos, de modo que possam sobreviver. São incrivelmente fofos, com seus olhinhos vivazes, seus focinhos que se afunilam até terminar em ventas de coloração rosada e suas grandes orelhas, sinônimo de uma audição sensível, ferramenta capaz, junto com o faro e a visão aguda, de torná-los eficientes caçadores noturnos.

Tudo somado, eis-me aqui, disposto a fornecer argumentos para que mais e mais pessoas não só apoiem a causa em prol da preservação dos gambás (também chamados saruês, ou sariguês) como se engajem na campanha para mudar a norma ambiental vigente, de modo a permitir que os interessados adotem gambazinhos em situação de risco, transformando-os em novos membros da família. A seguir, alguns pontos que, a meu ver, poderiam constituir vantagens ao se adotar um gambá como animalzinho de estimação.

1. Se você é sociável e gosta de conhecer gente nova, saiba que passear por aí levando junto um gambá despertará a curiosidade das pessoas em geral. Vários transeuntes irão se aproximar, querendo saber qual a raça do seu animalzinho. Para não provocar a fuga dos curiosos, você poderá dizer que se trata de um furão-de-rabo-pelado ou, se preferir, uma raposinha da Capadócia, ou um mangusto de Madagascar. Eles ficarão surpresos, evidente, e isso lhe dará margem para agregar informações adicionais. Com sorte, a conversação poderá render até o ponto em que surja uma nova amizade, ou se obtenha o número de telefone de alguém particularmente interessante.

2. Se você for do tipo antissocial, bastará revelar a verdadeira identidade da criaturinha ao seu lado para que todos se afastem, repugnados. Se quiser um efeito dissuasor ainda mais eficiente, capaz de prevenir qualquer possível abordagem, você poderá mandar confeccionar uma roupinha para o seu pet, em que se leia no dorso, em letras garrafais: "Sou gambá, quer cheirar?". Portanto, seja você alguém sociável ou antissocial, ter um gambá como animalzinho de estimação irá trazer-lhe vantagens comparativas importantes em face de outros pets.

3. Tratando-se, no caso em questão, de um marsupial, você poderá usar a bolsa oculta no ventre do bicho para guardar valores e, mesmo, objetos úteis, como celular, batom, estojinho de maquiagem etc. Desse

modo, as pessoas poderão dispensar o uso de acessórios, tais como bolsas e carteiras. Nenhum malfeitor irá se atrever a chegar perto, muito menos apalpar a barriga de um gambá, com medo de levar, em cheio, um jato de urina cujos efeitos poderiam — na fantasia popular — variar do entranhamento no corpo, ao longo de dias, de um odor pavorosamente fétido até problemas mais graves, como cegueira, escamações ou ulcerações na pele.

4. Nos restaurantes, você terá a vantagem de poder deixar o seu gambazinho de estimação pendurado pelo rabo no espaldar da cadeira, de cabeça para baixo, aguardando em repouso. Ou então, se a limpeza não for o forte do local, o seu pet poderá encarregar-se de melhorá-la, caçando baratas, aranhas e camundongos, enquanto você finaliza sua refeição tranquilamente. De bônus, você ainda poderá negociar um desconto com o restaurante na hora de pagar a conta, em troca do serviço de eliminação de pragas executado.

5. Outra vantagem adicional: qualquer eventual mau cheiro no recinto poderá ser atribuído sem problemas ao gambá, o que configura recurso de importância nada desprezível no convívio social. Com um gambazinho ao seu lado, você irá sentir-se livre para consumir a quantidade que desejar de repolho, feijão e batata-doce, sabendo que poderá eliminar os seus biogases de forma despreocupada, já que o culpado será sempre ele.

6. Ficará fácil obter prioridade nas filas de atendimento, inclusive nas filas específicas de atendimento prioritário. As pessoas julgarão preferível abrir mão da precedência e desfazer-se, o mais rápido possível, da incômoda presença do animal, a ter de suportá-la pelos tensos minutos do tempo de espera.

7. Inimigos naturais das serpentes, os gambás de estimação reagirão com visível desconfiança diante de pessoas que se fazem passar por amigas, mas que, pelas costas, agem como víboras. Com isso, descartar as falsas amizades será para você mais fácil do que desfazer-se de seguidores indesejáveis nas redes sociais.

Talvez ainda se passem vários anos até que o progressivo convívio com os gambás nos ensine a reconhecer suas incríveis qualidades, livrando-nos do terrível preconceito propagado com base no desconhecimento e nas crendices equivocadas. Não importa, porém, o tempo que leve, o importante é que se firme essa nova relação de afeto entre homem e espécie animal ameaçada. Afinal, convenhamos: recuperar a imagem do gambazinho, tornando-o nosso aliado próximo, somente irá contribuir para que se chegue a uma sociedade que sofra menos com pragas, sejam elas oriundas do ambiente natural ou social.

COISAS DO PORTUGUÊS

Março/2023

Aposto que você já esteve metido(a) num *sarilho* e não sabe. Calma, não estou julgando ninguém mal, tampouco fazendo uma brincadeira cabulosa; apenas suponho que, como todo mundo, você já passou por problemas. E é isso, precisamente, que *sarilho* significa: problema, aperto, situação difícil. Todo bom português sabe disso, porém não os falantes do idioma do lado de cá do Atlântico.

Que fique claro: escrevo este texto para que você, cidadão brasileiro, não tenha que enfrentar um *sarilho* daqueles quando for emigrar para Portugal ou — o que tem sido menos frequente — visitar o país a trabalho, ou de férias. Portanto, se você pretende, um dia, fazer qualquer dessas coisas, recomenda-se ler até o final o que vem a seguir.

Na terra dos gajos, convém não pisar no tomate, sobretudo se for no plural. Caso aconteça de você pisar nos *tomates*, saiba que estará machucando seriamente um indivíduo do sexo masculino. É que lá, do outro lado do

Atlântico, os *tomates*, curiosamente, não crescem apenas na planta do tomateiro, mas também grudados na região genital masculina, logo ali, debaixo do chourição (não sei se o termo é esse, estou só deduzindo). Também não vá inventar de pelar os *tomates* em público, coisa que poderia dar cadeia. Por outro lado, se você, leitora, julgar que estão podres, ninguém irá condená-la por desfazer-se deles.

Quando visitar um bar português, uma taverna lusitana, uma bodega, uma baiuca, cuidado para não se entusiasmar demasiado com as *bebidas espirituosas*. Geralmente elas nos levam a começar a noite rindo, mas terminar chorando. Nas primeiras duas ou três doses, você irá passar da descontração à alegria; logo, da alegria à euforia. Até aí, a bebida fez jus ao nome. Depois disso, a situação muda de figura. Na quarta dose, você lembrará do fora histórico que levou de uma antiga namorada. Na quinta, sentirá raiva e decepção ao recordar a surra que o Brasil levou da Alemanha, jogando em casa, na Copa de 2014. Na sexta, duvidará da fidelidade da esposa, vociferando impropérios, aos prantos. A essa altura, a índole da bebida já passou a ser outra, embora siga sendo considerada espirituosa. No Brasil, seria caso de propaganda enganosa, ou falsidade ideológica.

Se topar com a palavra *mobilar*, não vá pensando tratar-se de um tipo novo de brinquedo, num parque de diversões chamado Gajolândia, nem de uma nova linha aérea lusitana. Trata-se, simplesmente, do verbo equivalente ao nosso conhecido mobiliar. Você achará essa sutil diferença ortográfica um tanto curiosa e, forçosamente, concluirá que as casas portuguesas têm *mobila*. Engano seu. Embora *mobiladas*, elas possuem mobília, igualzinho às daqui.

Ainda na mesma linha, não pense que esteja ouvindo mal, ou que o seu interlocutor tenha problemas de dicção, se por acaso alguém pronunciar a palavra *registo*, em vez de registro. É simples: os portugas preferem *registar* as coisas a registrá-las. E quem o faz, na maioria dos casos, é a *administação* pública portuguesa, correto? Nada disso: os *registos* estão a cargo da administração pública, pronunciada com um sonoro "r", no que configura, por certo, uma inconsistência linguístico-*burocática monstuosa*.

Aviso geral: ninguém ria quando um portuga oferecer *boleia* (carona) numa *mota*, quiser tirar uma *fota*, ou jogar na *lota*. O assunto é sério: segundo a lógica de lá, as formas abreviadas devem preservar o gênero da palavra de origem. Consequentemente, palavras como broncoprofilaxia, mamografia, gastrossepsia e ecografia, todas elas substantivos femininos, devem ser reduzidas para bronca, mama, gastra e eca. Não estranhe, portanto, se ouvir um português dizer a outro: "Depois da bronca de mamãe, pediram-lhe uma mama, enquanto eu tive que sofrer uma gastra após ter feito uma eca". A bem da verdade, confesso manter acesa a esperança de que a regra não seja aplicada à risca em tais casos...

Por falar em lógica lusitana, passemos a um tema sempre delicado: o emprego da crase. Como se sabe, esse peculiar acento é produto da Física gramatical, originando-se da fusão do artigo feminino "a" com a preposição "a". Mesmo sabendo disso, por lá escrevem-se coisas como: "marcharam até à cidade", "lutaram até à morte" etc. Ora, sendo "até" uma preposição — e nisso as gramáticas de ambos os lados do Atlântico coincidem —, então por que a crase? Estaria a cidade do exemplo tão distante assim que se necessite um trem de preposições para alcançá--la? Seria a morte assim tão apavorante que se necessite antepor-lhe o dobro de preposições a fim de retardá-la? Ou seria que, ao preceder uma hipótese de crase, o "até" perde seu caráter de preposição? Mistério... Seguindo a mesma lógica, deveríamos aceitar outras expressões com duas preposições consecutivas: "vim de por trem"; "corri para até a bola"; "se muito comi, foi com por gosto" etc.

Se estiver em terras lusas e mandarem você à *receção*, calma... Não pense que só por haver falado com sotaque brasileiro já estejam julgando sofrível a sua situação financeira. Nada disso. Longe de se tratar de recessão, aquela nossa tão conhecida conjuntura econômica, *receção* é como, por lá, chamam o que, do lado de cá, denominamos recepção. Convenhamos que faz todo o sentido: quando se vai receber alguém, não se quer que o convidado tropece numa consoante traiçoeira e nada confiável como o pê. Pela mesma razão, todo argumento, para que seja de fato decisivo ou categórico, deve ser *perentório*. Se for peremptório, correrá o risco de, ao tropeçar no pê, desconjuntar-se e, assim, perder força resolutiva. É por isso que, em nome da preservação das virtudes da língua, o melhor a fazer talvez seja mesmo proibir o sorrateiro pê de encontrar-se com outras consoantes.

Você tem algum apelido? Chico(a), Cacá, Duda, Bia, Tuco? Em caso afirmativo, prepare-se para, se estiver em Portugal, ver seu apelido transformado em sobrenome. Do mesmo modo, esteja preparado(a) para ver o seu sobrenome transformar-se em apelido. Calma... É que, lá, eles chamam de apelido o que nós chamamos de sobrenome, e vice-versa. Recomenda-se, portanto, muita cautela ao preencher formulários de documentação em Portugal. Se, por exemplo, Cássia Dias for o seu nome, e o seu apelido for "Doidona", você correrá o risco de ser registrada como Cássia Doidona. Se "Cabeção" for o seu apelido no Brasil, poderá tornar-se o seu sobrenome em Portugal: Diogo Cabeção. Assim, não se espante se encontrar conterrâneos incautos atendendo por José Luís Micuim, Cleonice Vade-retro, Aurélio Podrão, Jaqueline Facinha etc.

Anote esta: se o seu conceito por lá for de alguém *porreiro*, *fixe* ou *giro*, calma... não vá se zangar com ninguém por isso. Ao contrário do que muitos tendem a imaginar, esses termos não equivalem a pândego, doidivanas ou maluquete, mas significam que você é considerado(a) uma pessoa legal, bacana, com quem se pode ter um convívio agradável e divertido. Portanto, fique satisfeito(a) e agradeça!

Os exemplos, como se nota, são inúmeros, sempre implicando surpresa, alguns riscos e muito riso. Encerro aqui esta crônica, pois já estou *cheio de fome*. Porém, antes de comer, ainda terei de livrar-me deste *fato*, que me está pesando. Calma: não sou um ogro comilão, nem cometi um delito inconfessável. Apenas estou faminto, *ó pá!*, e tenho que desvestir o meu traje de trabalho (um terno), colocando-me à vontade para almoçar, pois transcorreu um longo intervalo desde que o *pequeno-almoço* foi servido. *Ó pá!? Pequeno-almoço?* Calma...

FUTUROS CLÁSSICOS

Abril/2023

Com base nas tendências culturais dos últimos tempos, atrevo-me a apresentar a sinopse de três estórias que talvez — para terror de alguns — sejam consideradas novos clássicos num futuro próximo. As narrativas têm em comum o fato de se inspirarem em pérolas da dramaturgia, ao mesmo tempo que incorporam elementos de correntes modernas de ideias e valores — em particular, nos exemplos apresentados, elementos do universo da gastronomia, um dos temas que mais dividem e apaixonam as opiniões na atualidade. Boa degustação literária!

Queijosé e Goiabeta. Inspirada em conhecida tragédia do famoso bardo inglês, esta narrativa contemporânea está ambientada numa região de antiga colonização italiana de um dos estados do sul do país.

Queijosé se orgulhava de descender da mais pura nata caprina, embora não de cabra-macho, que fique bem claro. Em meio à fase de maturação, apaixona-se por Goiabeta. Esta, em resposta, ruboriza-se toda por dentro ao sentir-se apetitosa pela primeira vez. Os parentes de Queijosé escandalizam-se e não aceitam a mistura: onde já se viu alguém elaborado como ele interessar-se por uma desfrutável, facilmente encontrável por aí em qualquer terreno, mesmo naqueles sem título de propriedade? A família de Goiabeta tampouco aprova essa combinação impensável: afinal, que frutos poderiam resultar disso? Não obstante as opiniões alheias, Queijosé decide encontrar-se com Goiabeta ao entardecer, no balcão de granito da cozinha. Nervoso, suando soro salgado, ele se declara nos termos mais poéticos, enaltecendo a doçura da amada. Excitadíssima, Goiabeta rola num tapete de açúcar para fazer-se ainda mais atraente a seu cortejador. Requeijoão, uma versão amolecida do primo Queijosé, por quem nutre certa hidrolatria, surpreende o casal no momento de sua conjugação. Ao ver o primo no balcão da cozinha, estendido sobre Goiabeta, toda adocicada, a natureza fundida de Requeijoão faz com que se sinta ultrajado. Para vingar a honra e as cores branco-amareladas da família — e se livrar de vez das comparações de marketing em relação ao primo —, resolve cometer um laticínio. Secretamente, Requeijoão vai até o estábulo e lá recolhe, entre vacas, elementos para uma poção letal: um extrato de salmonela. Em seguida, sai a chamar Queijosé, gritando para que venha provar o "tônico revigorante" preparado por ele, enquanto o frasco, com seu maldoso conteúdo, jaz sobre o balcão da cozinha. Acreditando tratar-se, de fato, de um suco de propriedades revigorantes, Goiabeta ingere o produto por inteiro. Quando retorna, trazendo consigo Queijosé, e vê o frasco da poção vazio, Requeijoão sofre um acesso de tremeliques tão forte que o faz despencar da borda do balcão. Aplastado no chão, entre os cacos do popular traje de vidro, Requeijoão confessa seu plano criminoso enquanto agoniza, aguardando o pano úmido que o removerá dali para a dissolução final. Chocado e confuso, Queijosé tenta aproximar-se de Goiabeta, mas esta o repele: não deixará o amado contaminar-se com o caldo de salmonela a impregná-la. Queijosé se afasta, acabrunhado. Passam-se os dias, até que, de tanto maturar, tem uma ideia genial: bastaria cozinhar Goiabeta em fogo lento, adicionando açúcar, de modo a transformá-la em verdadeiro confeito, e ela sairia do processo purificada, sem nenhum resquício do suco letal. Emocionado, Queijosé corre até o pomar para revelar seu plano à amada, mas encontra Goiabeta muito mudada. À diferença daquela por quem se apaixonara, esta agora nem liga para a presença dele. Como que encantada, se vê concentrada nos movimentos de um bichinho branco, que se contorce e se arrasta na superfície da pele acetinada, sumindo vez ou outra num mergulho para ir alimentar-se de suas entranhas. Enojado, Queijosé assiste à doce Goiabeta rir-se das cócegas que lhe provoca o tal bichinho esbranquiçado — ao que parece, muito mais divertido do que ele próprio.

Othario. Outra narrativa inspirada em tragédia shakespeareana, ambientada num bairro paulistano de classe média, onde convivem descendentes de imigrantes de diferentes origens.

Como sofresse de doença celíaca, Othario, filho de libaneses, cresceu sob a proibição de comer esfihas, quibes, pães e doces árabes. Seu melhor amigo, o judeu Aziago, admira Othario pelo esforço bem-sucedido de contornar suas limitações alimentares. Ressalte-se, entretanto, que, apesar de muito disciplinado com sua dieta, Othario nutre forte desejo por pães. Sabendo disso, Aziago dedica-se a fazer um curso completo de padeiro só para aprender receitas que não provoquem nenhuma intolerância no sistema digestivo do amigo. Sua especialidade é um pão caseiro de milho, que ele assa e fornece especialmente a Othario, semana sim, a seguinte também. Um belo dia aparece na vizinhança uma família de origem portuguesa, cuja filha mais velha se chama Dessêmola. A moça passeia pela rua com os braços de formato baguete à mostra, levemente corados, e um decote onde se abriga um par de sonhos roliços recobertos de açúcar, com recheio de creme. Assim que Othario toma ciência dos atributos de Dessêmola, fica doidão. Ao perceber a mudança no comportamento do amigo, Aziago põe-se a monitorar seus passos. Usando de um pretexto qualquer para interpelar Dessêmola em seu passeio matinal diário, Othario convida a moça para uma visita à sua casa, uma das mais antigas e belas do bairro, onde terá o prazer de lhe oferecer um café à moda árabe. No dia da visita, Aziago aparece trazendo dois pães de milho numa sacola, um para o amigo e o outro para Dessêmola. A moça, no entanto, recusa o presente, afirmando só gostar de pão francês. A partir de então, Aziago passa a atormentar Othario com insinuações de que Dessêmola jamais se interessaria por quem não fosse francês, ou de que provavelmente mantém uma relação com um francês às escondidas. Desesperado pela atenção de Dessêmola, Othario inicia um curso de francês pela internet e já nas primeiras lições começa a fazer biquinho para falar com ela. Estranhando o jeito diferente de Othario, a moça se volta para Aziago, que a essa altura parou de fazer pão de milho e passou a produzir pães franceses, de diferentes formatos. Uma noitinha, Othario recebe um convite para ir até a casa de Aziago, onde encontra Dessêmola refestelada no sofá da sala em meio a um grupo de pães bengala. Escandalizado com a cena, Othario se atira sobre ela, no afã de retirá-la dali a qualquer custo. Aziago procura controlar o ímpeto do amigo, mas este o acusa de tentar desencaminhar sua linda amada. Aziago se defende, dizendo que apenas buscava abrir os olhos de Othario para a incompatibilidade entre ele e Dessêmola. Othario não lhe dá ouvidos e carrega Dessêmola embora. No caminho, decide mudar de tática: curvando-se aos caprichos dela, passa numa padaria e compra o estoque de pães franceses do local, mandando entregar a mercadoria com urgência em sua casa. Lá, graças a uma atmosfera dominada pelo aroma de padaria, seduz Dessêmola e os dois finalmente consumam sua união. Naquela madrugada, Othario sofre um ataque de congestão celíaca e cai fulminado no quarto de casal. No velório do amigo, Aziago consola Dessêmola, afirmando não ser culpa dela a relação tóxica com o finado amigo. Terminado o rito fúnebre, os dois combinam de preparar um pão de milho a quatro mãos para ir depositá-lo junto ao túmulo de Othario, a título de homenagem póstuma. Porém, quando o pão de milho emerge de dentro do forno, Dessêmola não resiste à tentação de prová-lo e logo se apaixona por aquele sabor diferente, até então desconhecido por puro preconceito seu. Num frenesi de gula, Aziago e Dessêmola reduzem a matéria da homenagem póstuma a deliciosas fatias quentinhas recobertas de manteiga com sal, devorando-a por inteiro. Dali em diante, os dois passarão a saborear juntos todo tipo de pães e, também, o que mais lhes der vontade.

Cenourão de Berinjelac. Inspirada na já não muito conhecida peça teatral francesa *Cyrano de Bergerac*, do final do século XIX, esta estória contemporânea, facilmente adaptável para o cinema, está ambientada numa cidadezinha do sertão nordestino.

Não apenas linda, a jovem Roxilda é também ávida leitora de posts e notícias da internet, sobretudo referentes a modelos de conduta visando à salvação da sociedade e do planeta. De seu séquito de admiradores, o mais fervoroso é, sem dúvida, o maduro e eloquente Cenourão de Berinjelac, cujo nome de batismo se deve à forma e ao tamanho de seu nariz. Por causa dessa característica física, Cenourão não acredita que os seus sentimentos por Roxilda possam um dia ser correspondidos; de fato: o plano da moça é casar-se com um belo jovem, de nome Crestino, dotado de um simples nariz comum e dono do primeiro restaurante vegano da cidade de Buchada Nova. A bem da verdade, Crestino nada entende de culinária vegana; montou o empreendimento apenas porque sabe da afiliação de Roxilda ao veganismo. Percebendo a atração entre os dois jovens, e sem enxergar nenhuma chance de felicidade pessoal para si próprio, Berinjelac decide empregar suas reconhecidas capacidades poéticas e retóricas em favor do amor de ambos. Roxilda anda desanimada porque Crestino pouco ou nada fala dos assuntos que lhe interessam. Cenourão aproveita para tecer elogios à valentia do rapaz, que teve a audácia de abrir um estabelecimento vegano numa região de comedores de sarapatel e buchada de bode. "Já imaginou quantos cabritinhos terão suas vidas poupadas se mais pessoas aderirem à dieta vegana?" "Tem razão, Seu Berinjelac", diz ela, "mas por que ele não me conta detalhes do restaurante?" "Hoje à noite Crestino virá até a sua janela para recitar receitas e discursar sobre responsabilidade ambiental", promete Cenourão, pedindo à moça que o trate simplesmente por Cenô. Mais tarde, inseguro quanto ao que falar, Crestino pede a Cenourão que o acompanhe e os dois postam-se debaixo da sacada de Roxilda. Inicialmente, Crestino tenta recitar um prato de abobrinha com tabule, mas se confunde todo. Então, oculto tanto pela posição em que está quanto pela escuridão da noite, Berinjelac toma a palavra para declamar, de improviso, uma receita de churrasco de cenoura com rodelas de berinjela, acompanhado de purê de inhame e salada verde, e, de sobremesa, rabanete ralado recoberto de melado de cana. Roxilda vai ao delírio. Entusiasmado com a reação da musa, Cenourão segue com a farsa, fazendo um discurso inflamado contra a vulgaridade dos hábitos alimentares humanos, capazes de transformar vísceras de animais domésticos em iguarias regionais. A peroração cai nos ouvidos do poderoso produtor rural coronel Enricaço Di Cabra, dono de um rebanho maior que o de todas as denominações religiosas de Buchada Nova reunidas. O coronel Di Cabra não gosta nadinha de tais ideias progressistas, difundidas, segundo crê, pelo jovem Crestino, e manda seus capangas castrarem o rapaz, punição tradicionalmente aplicada aos inimigos da família. Antes que os três jagunços terminem o serviço, Berinjelac intervém e defende bravamente Crestino. O jovem se salva, mas durante a refrega os jagunços decepam o apêndice nasal de Cenourão. Temendo despertar a ira do coronel Di Cabra pelo fracasso da missão, os capangas apresentam o narigão decepado como se fosse o órgão varonil de Crestino. Receando que Di Cabra viesse a descobrir a verdade, o jovem resolve fugir às pressas com Roxilda; esta, porém, se nega. A nobreza do gesto de Cenourão fez com que a moça se apaixonasse, dando-se conta de que fora ele o autor da receita de churrasco de cenoura com berinjela e do inspirado discurso que a tinham feito, respectivamente, salivar e se emocionar. O casamento de Cenourão com sua amada é marcado para depois da cirurgia plástica reparadora. Roxilda faz questão de acompanhar o noivo à capital do estado, onde escolhe a maior prótese nasal disponível, de dimensões e formato que lembram uma cenoura de bom tamanho.

RECEITAS CASEIRAS

Maio/2023

Sempre me surpreendeu o fato de haver receitas caseiras para solucionar uma série de problemas e necessidades, desde furúnculo até depressão aguda, passando por parafusos impossíveis de serem extraídos e vidros de conserva dificílimos de abrir. Se há tantas situações quanto soluções especialmente concebidas para elas, por que não contribuir para tornar a lista mais completa (ou complexa)?

Foi com esse espírito que tomei a liberdade de formular algumas receitas caseiras para questões de ordem prática — outras nem tanto — que se apresentam com maior ou menor frequência em nossas vidas. Espero que você não precise recorrer a nenhuma delas; no entanto, por via das dúvidas, confira a lista a seguir. Vai que...

VERNIZ ESPECÍFICO PARA CARAS DE PAU

» Pegue 3 dúzias de políticos de siglas variadas e misture bem, acrescentando bastante saliva, até não haver nenhuma diferença entre eles.

» Adicione meia dúzia de lobistas e mexa com jeitinho brasileiro.

» Quando a massa se tornar pastosa, despeje 1 copo de uísque importado *on the rocks* (dezoito anos ou mais); em seguida, agregue 2 dedos de cachaça *premium* de no mínimo 5 mil dólares a garrafa e uma medida de óleo de peroba.

» Para finalizar, vá pingando gotas de lágrima de crocodilo até a mistura adquirir a consistência de um melado.

Pronto! A experiência comprova que nenhuma cara de pau corre o menor risco de rachar ou sofrer danos após a aplicação dessa fórmula.

SUCO ANTIÁCIDO PARA CORTAR ENJOOS

» Escolha um veículo de comunicação dos mais favoráveis à situação e esprema seu conteúdo até o fim.

» Em seguida, faça o mesmo com um veículo da mídia favorável à oposição.

» Junte os dois conteúdos numa panela e aqueça a mistura em fogo alto, deixando evaporar até chegar a uma redução de 90% de sua toxicidade.

» Em seguida, retire do fogo e deixe esfriar.

» Acrescente 3 colheradas, das de sopa, de leite de aveia e 1 de leite de magnésia; agregue 1/2 litro de chá de camomila, 1 copo de água de coco e 1 medida de licor de jenipapo.

» Adoce com mel natural a gosto, mexa e conserve na geladeira.

Tome pelo menos 300 mL logo cedo, em jejum, para prevenir qualquer náusea, e 200 mL após eventual contato com matéria indigesta.

TÔNICO FORTIFICANTE PARA MIOLOS MOLES

» Passe um café coado bem forte.
» Aproveite o resto de água quente e prepare 1 xícara de chá preto concentrado.
» Junte o café e o chá numa vasilha de 2 litros.
» Em seguida, pegue o liquidificador e coloque 1 pimentão vermelho grande picado, 2 beterrabas raladas, várias folhas de espinafre e salsão.
» Acrescente 1 litro de coca-cola, na temperatura ambiente, uma porção generosa de amendoim, e ponha para bater por 2 minutos.
» Depois de bater, despeje na vasilha de 2 litros onde já estão o chá e o café.
» Mexa devagar e então coe a mistura numa peneira fina.

Uma vez concluído o processo, vá consumindo a bebida enquanto lê *O ser e o nada*, do Sartre, alternando com *Ficções*, do Borges, e *Grande sertão: veredas*, do Guimarães Rosa. Se preferir, você pode optar por ler *Ser e tempo*, do Heidegger, alternando com *A legião estrangeira*, da Clarice Lispector, e *A montanha mágica*, do Thomas Mann.

POMADINHA REVITALIZADORA DO EGO

- » Jogue 100 g de amendoim cru no liquidificador e ponha para bater junto com 300 g de chocolate fundido escuro (mínimo 80% de cacau), mais 50 mL de leite integral para facilitar o processo.
- » Transfira a mistura para uma tigela e acrescente 1 banana esmagada com açúcar e canela em pó.
- » Adicione 80 g de vaselina em gel e 15 mL do seu perfume preferido.
- » Misture tudo manualmente, até a pasta adquirir consistência homogênea.
- » Acondicione o produto final num pote de tamanho adequado.
- » Em seguida, contrate um(a) profissional em massagem tântrica para uma sessão especial utilizando a pomadinha caseira fabricada por você.
- » Pague um adicional para que a(o) massagista diga elogios no seu ouvido, tipo: "você é o melhor cliente que eu já tive"; "pra você eu trabalharia até de graça"; "se clonassem você um milhão de vezes, o mundo seria um lugar muito mais interessante" etc.

Faça isso uma ou duas vezes por semana até amanhecer cantando tango; então, suspenda o tratamento.

XAROPE PARA ACESSOS DE RAIVA VIRTUAL

» Ferva 1/2 kg de coroa-de-cristo numa panela com água pela metade.

» Separe o líquido e com ele cozinhe pedaços de cacto de alguma variedade comestível, juntamente com erva--doce e folhas de menta, por no mínimo 15 minutos.

» Findo o cozimento, despeje tudo no liquidificador, adicionando 1 *shot* de tequila, e bata bem até a mistura ficar completamente líquida.

» Moa um comprimido de relaxante muscular e outro de ansiolítico e acrescente o pó à mistura.

» Volte a bater por 30 segundos.

» Coe o produto dentro de uma jarra de vidro.

Tome uma dose de 50 mL do xarope cada vez que topar com um canal ou perfil de internet com opiniões políticas e valores culturais muito diferentes dos seus.

RITUAL DE DESOBSESSÃO IDEOLÓGICA

» Pegue 1 exemplar de *A riqueza das nações,* do Adam Smith, e 1 versão condensada em um só volume de *O capital,* do Karl Marx; certifique-se de que a espessura de ambos os livros seja idêntica (se necessário, arranque folhas do mais volumoso para que se iguale ao outro).

» Ponha um cinzeiro grande de cerâmica sobre uma mesa de apoio e prepare, de cada lado, um maço de folhas extraídas de cada uma das obras mencionadas.

» Deixe um isqueiro sobre a mesa e, junto às folhas arrancadas de *O capital*, coloque 1 charuto cubano e 1 copo de vodca; do outro lado, junto às folhas de *A riqueza das nações*, tenha um cachimbo já preparado com tabaco aromático e 1 copo de conhaque francês.

» Coloque o pé esquerdo sobre *O capital* e o direito sobre *A riqueza das nações*.

» Acenda o charuto, dê duas ou três baforadas, tome um bom gole de vodca e diga em voz alta: "Burgueses de todo o mundo, perdoadas sejam as reservas financeiras e patrimoniais auferidas ou herdadas em vossas vidas, e abençoado seja vosso tino empresarial. Pagai corretamente vossos impostos e auxiliai os menos favorecidos, praticando participação nos lucros, salários dignos, e efetuando contribuições generosas em favor de causas sociais e humanitárias. Se isso fizerdes, ide em paz!". Então, queime as páginas de *O capital* dentro do cinzeiro.

» Em seguida, acenda o cachimbo, dê duas ou três baforadas até sentir o ambiente perfumado com o odor do tabaco, tome um bom gole do conhaque e diga em voz alta: "Trabalhadores das classes médias, baixas e baixíssimas de todo o mundo, perdoadas sejam vossa excessiva paciência e vossa resignação, e abençoada

seja vossa capacidade produtiva e associativa. Valei-
-vos de vossa grandeza numérica para reivindicar
ações mais eficazes de resgate social do governo e
das fundações filantrópicas dos burgueses, de modo
a formar dentre vós gente qualificada e sensata, que
vos represente condignamente em número cada vez
maior e reverta em vosso benefício o dinheiro reco-
lhido com os impostos. Isso fazendo, ide em paz!".
Então, queime as páginas de *A riqueza das nações*.

» Recolha as cinzas e as leve consigo, no bolso ou na
bolsa, dentro de uma latinha, entremeadas com fa-
relos de fumo originários do charuto e do cachimbo.
De vez em quando abra a latinha, inale o cheiro do
tabaco e reflita sobre a quadratura do círculo.

CONHECIDOS

Junho/2023

Ainda terminava o café com sanduíche de queijo e presunto cru quando reparou no cidadão de olho no balcão de salgados, acompanhado de sua provável esposa. Com o copo de papel na mão, contendo os últimos goles do café preto, aproximou-se do casal.

— Peraí, você de novo?

— De novo? Nos conhecemos? — responde o cidadão, estranhando a abordagem.

— Não exatamente, mas já vi você várias vezes. E não foi só aqui neste aeroporto, noutros também.

— Tem certeza?

— Sim, claro! Lembro bem da camisa de tecido, metade pra fora da calça, deixando à mostra uma faixa de barriga debaixo da jaqueta aberta.

O homem olha para baixo, onde uma área de pele clara vem a público, junto com alguns fios de pelo escuro, e ri.

— Pneu branco chama a atenção, né?

— Eu disse pra pôr cinto, mas ele não me escuta, moço — diz a presumível esposa.

— Cinto atrapalha demais na hora de passar no raio X — explica-se ele.

O homem do café concorda, com um movimento de cabeça, e entorna mais um gole da bebida.

— Mas é só pelo detalhe da barriga de fora que afirma me conhecer? — pergunta o outro, intrigado.

— Também pelo cabelo, como se uma ventania tivesse varrido o corredor do aeroporto.

— Sei... Vem cá, isso é alguma gozação, pegadinha, coisa do gênero?

— Agora talvez você entenda — intervém a mulher.

— Não te digo sempre pra pentear o cabelo antes de sair do avião? Não quer me ouvir, dá nisso!

— Ninguém penteia o cabelo hoje em dia, e um sujeito da minha idade tem mais é que exibir o resto de cabelo que tem! Além do mais, banheiro de avião é pior que cela de penitenciária, não é não?

O homem do café faz um gesto afirmativo com o polegar da mão esquerda, enquanto arremessa, com a direita, o copo de papel na lixeira. Em seguida, aponta para os pés do cidadão.

— Esse tênis velho, com o cordão de um dos pés desamarrado, é outro detalhe inesquecível. Muda a marca, muda o aeroporto, mas a impressão é sempre a mesma. E também essa valise preta de náilon a tiracolo, que você entrega para a sua mulher quando vai pegar comida ou pagar a conta. Tem um laptop aí dentro?

— Tem sim, mas ele nem usa, é só pra fazer de conta que é um profissional moderninho — revela a mulher. —

Detesto essa mania dele de volta e meia me empurrar essa maldita valise.

Sob fogo cruzado, o cidadão resolve contra-atacar. Dirigindo o olhar para os membros inferiores do seu interlocutor, dispara:

— Pensando bem, também estou reconhecendo você. Esses pés metidos num par de chinelas de praia, com a unha do dedão crescida... Não ficam congelados durante o voo?

Meio sem graça, o homem fala que não, que é calorento.

— Sei, então é por isso que viaja de bermuda e camiseta, tipo adolescente. Você faz surfe?

— Não, mas sempre sonhei fazer.

— E essa barbicha aloirada, é efeito da parafina? — pergunta a mulher.

— Já disse que não pratico surfe — responde, a caminho de se irritar.

— Devia pintar esses tocos de cabelo raspado a máquina, pra ficar da mesma cor da barbicha — insiste ela.

— Sim — diz o marido —, e tirar os óculos escuros quando está dentro do aeroporto. É um hábito muito cafona.

— Cafona? Olha só quem fala — retruca o atingido pelo comentário.

Nisso, uma mulher mais jovem, beirando os trinta, se aproxima do grupo e beija o homem de óculos escuros.

— Desculpa, amor, demorei porque tinha fila no banheiro. Quem são os seus amigos?

— Somos apenas conhecidos de aeroporto — diz o cidadão, abraçando a suposta esposa.

— Alguma vez ele te confundiu com outra, ou perdeu você no aeroporto por causa dos óculos escuros? — pergunta a mais velha à nova integrante do grupo.

— É verdade — responde a jovem, sorrindo —, uma vez ele me confundiu com uma mulher de costas, que se assustou quando ele a abraçou pela cintura. Eu disse para ele parar de usar óculos escuros dentro do aeroporto...

— Mas ele não te escuta, sei bem como é... — comenta a outra.

— Eu desculpo porque a gente se conheceu assim, dentro de um aeroporto, ele de óculos escuros.

O homem de óculos escuros sorri, com ar de superioridade; sua companheira, então, olha pensativa para a mulher mais velha à sua frente.

— A senhora não me é estranha, acho que a conheço de algum lugar...

— Será? Duvido muito, moça.

— Peraí! Tenho certeza de que já vi essa jaqueta de tailleur vermelha, com botão de madrepérola, em cima desse *jeans* escuro enfeitado com tarraxas douradas. Sempre me impressionou a coragem de quem descombina estilos desse jeito.

— Acho que também já vi você por aí antes, no *free shop* do aeroporto, circulando com esse *jeans* claro rasgado na coxa, como se fosse comprar algum perfume. Mas aí eu notei as tamancas nos pés, com as unhas por fazer, e percebi que você só podia estar atrás de um presente pra outra pessoa.

— Falando em pés, como não lembrar dessa sua sandália de couro, com a tira meio descascada, quase arrebentando? E o vermelho cor de sangue nos dedos? A primeira vez que vi, pensei que a senhora tivesse se acidentado; custei a perceber que era esmalte, aliás do mesmo tom do batom borrado na sua boca.

— Ainda bem que está na minha e não na sua, porque com esses lábios quase estourando de tão preenchidos ia ficar parecendo boca de palhaça.

A moça se volta para o companheiro e pergunta se ele vai deixar que a chamem de palhaça. Ele ensaia uma entrada radical, engrossando a voz, mas é interrompido pelo cidadão de barriga à mostra.

— Agora reparei numa outra coisa que me fez reconhecer o seu companheiro — diz ele, virando-se para a moça injuriada. — Os braços inchados, de rato de academia. Só pode estar tomando bomba. Por isso usa camiseta, pra ficar exibindo os músculos.

— Ainda funciona na hora H? — pergunta a presumível esposa.

— Na hora H e em todas as demais horas. Pode mandar vir o alfabeto inteiro! E tem mais: eu adooooro os braços dele assim, bem definidos.

— Melhor mostrar os músculos dos braços do que o excedente de banha da barriga — agrega o companheiro da moça.

O cidadão olha para a suposta esposa, apontando o outro com o queixo.

— Acho que nisso ele tá certo, né não?

Todos se entreolham, sem jeito. Então o cidadão de barriga à mostra olha para o homem musculoso, de bermuda, camiseta e chinelas de praia, com a unha do dedão crescida e a barbicha meio loira, e diz:

— Bem, agora que ficou claro que nos conhecemos, já é hora de nos despedirmos. Conexão tem horário certo e as companhias aéreas não esperam por ninguém.

— Muito bem — o outro responde. — Então... até o próximo encontro, em algum aeroporto por aí.

Despedem-se com um aceno de mão sem graça e saem caminhando na mesma direção. O casal mais jovem vai na frente. Depois de alguns passos, o homem de camiseta e sua companheira escutam os de trás perguntar:

— Estamos indo para o portão de embarque número 25. E vocês?

O casal mais jovem se entreolha. Não sabem se admitem que o portão é o mesmo, se fingem ser outro para só entrar no avião em cima da hora, ou se simplesmente perdem o voo e depois remarcam o bilhete para outro dia.

PAIXÕES PROFISSIONAIS

Julho/2023

Admiro as pessoas apaixonadas por suas profissões. Volta e meia aparece alguém que não consegue se segurar e solta um "amo o que faço" como quem ganhou na mega-sena da virada. Enganam-se os que creem que o simples emprego do verbo amar a um simples emprego seja somente força de expressão. Há casos em que a pessoa ama mesmo a profissão, ou uma parte específica do exercício profissional, mais ou menos da mesma forma como se chega a amar os animais como se fossem gente.

A seguir, alguns exemplos de casos de paixão pela profissão, ou por aspectos dela, e seus efeitos no convívio social. Uns dirão que são exagerados, ou totalmente improváveis; outros, que fazem lembrar situações conhecidas.

CASO Nº 1 – UMA ARQUEÓLOGA CONVERSA COM SUA MELHOR AMIGA

"Estava de férias e acredita que no meio de uma visita a uma catacumba medieval tropecei e literalmente fiquei cara a cara com um palimpsesto? Dei de frente mesmo, amiga. Ele estava ali, oculto numa fenda da parede de pedra, como se esperasse por mim. Desculpa, eu prometi que iria descansar, me afastar dessas coisas, mas não resisti. Agarrei o palimpsesto, botei debaixo do braço, como se diz, e levei embora comigo. Mal cheguei em casa e já joguei ele em cima da mesa. 'Abre-te todo! Desenrola!', falei em voz alta, empunhando uma taça de espumante gelado. Assim que dei início ao ritual de decifração, passei a examiná-lo meticulosamente. O que mais me atraiu foram as suas abstrusidades. Nunca tinha deparado com nada tão misterioso. Perdi a conta do tempo que fiquei debruçada sobre ele, viajando em cada marca, cada vinco da pele, tentando me conectar com os seus segredos. Até aqui, entretanto, ele teima em continuar hermético, resistindo a se entregar. Sabe, amiga, não é que eu não esteja satisfeita com o achado, é que sei que ele pode render muito mais. Chegar a compreender o palimpsesto exigirá esforço, trabalho duro, eu sei, mas é relação para a vida toda, entende?"

CASO N° 2 – UM OFICIAL DA MARINHA NUMA ESTAÇÃO DE ESQUI COM A ESPOSA

"Não sei, não, Bianca, se foi boa ideia ter vindo pra Bariloche passar uma semana. Não é que seja muito tempo, é que é tudo muito branco. E daí? Daí, Bianca, que dá saudade de envergar o uniforme de marinheiro. Eu bem que quis colocar um na mala, mas tu mandou contra, disse que desse jeito eu não ia descansar, que não iam ser férias de verdade. Eu não devia ter cedido. Agora fico eu aqui, sonhando com uma foto de uniforme no meio da neve. Sim, Bianca, eu sei que ia congelar de frio, mas não importa. Depois, teria a foto pra olhar enquanto descongelava tomando um chocolate quente na lanchonete do hotel. E tem outro problema: tô grilado com esse tom de branco da neve aí fora. Tu sabe muito bem, Bianca, que nada pode ser mais branco que uniforme da Marinha. Nada! É o branco absoluto, o grau zero na escala Kelvin da brancura. Só que agora, rodeado por essa massa toda de neve, começo a ter dúvidas. Vou ligar pro comando no Brasil e pedir que remetam o uniforme por DHL. Não, não tô louco, não! Louco eu vou ficar se não tiver o uniforme à mão pra tirar a teima do branco mais branco. Vou mandar vir é agora! Tô suando frio nesse frio do cão e não quero passar as noites em branco torturado de angústia."

CASO Nº 3 – UMA ODONTÓLOGA NO CINEMA COM O NAMORADO

"A fila para os ingressos tava comprida que só, não tava? Ainda bem que deslizou feito fio dental e a gente conseguiu lugar. Estas poltronas na primeira fila estão ótimas, em plena zona do gargarejo, como dizem. E tá tudo bem: eu adoro gargarejo! E você, Dante, curte também? Nem de vez em quando? Pois devia, viu, com um enxágue bucal dos bons eu ia te beijar muito mais. Ih, o filme tá começando. O pessoal já tá pedindo silêncio. Vamos ter que falar baixinho, senão alguém pode querer extrair a gente daqui. Te aviso que, se acontecer, vai ser sem anestesia. Vem um segurança brutamontes e arranca a gente do assento igual dois incisivos infectados. Aí vai ficar um vão de dois lugares aberto logo na primeira fileira. Se eu fosse o gerente, implantava dois espectadores, um em cada assento, pra cobrir o espaço vazio. Nessas horas, eles colocam namorada, parente, amigo, aposto que de graça. Nossa, Dante, que copo enorme! Tem certeza que vai tomar esse refrigerante todo? Isso é glicose pura, com certeza vai carear algum dente teu, acelerar o processo de corrosão da arcada dentária. Olha lá na tela, repara nos dentes da atriz. Dá pra ver que ela fez clareamento na arcada superior, mas não na inferior. Tá vendo? Ih, tão pedindo pra gente se calar. E só eu que falo. Também pudera, né, Dante, você só abre a boca pra enfiar pipoca e refrigerante goela abaixo. Sabia que caroço de pipoca pode quebrar teu dente, Dante? Ha, ha, ha, parece trocadilho: Dante, dente... Mas não é pra rir não, se quebrar um dente eu não vou fazer nenhum reparo de graça, vou logo avisando. E nem inventa de me beijar; com esse sal todo da pipoca, vai derreter o meu brilho labial luminescente. Reparou que brilha no escuro? Botei que era para sinalizar o local do beijo no escurinho da sala. Não imaginei o anticlímax da pipoca. Ih, olha lá, tá vendo o galã rindo? Ele tem um molar faltando, perto do siso do lado direito da arcada superior. Como é que botam um galã sem molar num filme desses, gente? Eu sei, Dante, o pessoal tá mandando calar a boca. E eu com isso? Eeeiii, galeraaa! Olha só! Esse filme tá bichado! O galã tem um molar faltando e a mocinha só fez clareamento na parte de cima! Pode? Vão ter que devolver o valor do ingresso pra gente!"

CASO Nº 4 – UM CIRURGIÃO JANTANDO COM A NOIVA BEM MAIS JOVEM NUM RESTAURANTE

"Eu não te trouxe aqui só por causa do tartar de atum com salada de pepino agridoce. Tem algo importante que quero te dizer (tirando a caixinha do bolso do blazer): quer casar comigo, amor? — Ai, que linda essa aliança! — Sim, minha endorfinazinha, combina com você. Prova no seu dedo! — Ih, tá bem folgado o anel... — Encomendei assim de propósito. Sabe como é, com o casamento a gente acaba engordando um pouco. — Vira essa boca pra lá! Eu é que não pretendo engordar nem um pouquinho! — Nunca se sabe, adrenalinazinha da minha vida, nunca se sabe. Vai que acontece. É melhor ter um anel folgado que um dedo amputado. — Nem comece, que eu não quero saber de cirurgia durante o jantar. O que vai pedir de prato principal? — Vou querer o pernil de cabrito assado com purê de abóbora. — Pernil de cabrito, de noite? — É que amanhã cedo vou operar um tumor na perna de um paciente e assim aproveito para treinar um pouco. — E você vai comer pensando nessa operação? Credo! — Não se preocupe; o tumor é benigno. — Ainda bem! E dá pra visualizar uma cirurgia dessas num pernil de cabrito? — Bem, requer imaginação, por isso o purê de abóbora de acompanhamento, que é pra fazer o papel do tumor. — Me poupe dos detalhes, por caridade. — Como você quiser, minha serotoninazinha! Depois do tartar você vai querer sobremesa? — Talvez uma salada de fruta. — Por que não dividimos um melão? — Você quer dizer um melão inteiro? — Sim, eles trazem inteiro e eu corto aqui na mesa. — Não me diga que é outra cirurgia! — Só uma biópsia cranioencefálica, coisa rápida. Uma maçã verde, bem dura, também poderia servir. — Acho que estou enjoada; com licença, eu preciso ir ali e já volto. — Olha, quando retornar vou querer a sua resposta ao meu pedido de casamento, viu, minha injeçãozinha de testosterona!"

CASO Nº 5 – UM CIENTISTA SOCIAL ACOMPANHANDO UMA AMIGA NUMA FESTA

"Você sabe, esse não é o tipo de festa que eu curto. Parece que a gente tá num *site* de relacionamento, só que coletivamente presencial. Tudo bem, não vou mais reclamar, estou aqui por você e isso me basta. Contudo, não posso deixar de observar que esse tipo de ambiente para mim constitui um indicador de anomia social. As pessoas fingem conversar, mas não conseguem expressar nada de minimamente relevante e que possa se refletir no aprimoramento da sociedade. Como é que eu sei? Basta ver o tipo de roupa, os adereços que usam, os trejeitos calculados, para deduzir que a conversa deve girar sobre o número de seguidores nas redes sociais, o último post publicado, ou quando e onde será a próxima viagem, ou festa. Não, não se trata de preconceito. Se trata de metodologia analítica aplicada às relações sociais. O que temos aqui é um extrato de uma classe dominante que não se importa com o futuro do mundo, do planeta, da vida. É uma parcela interessada apenas em continuar existindo individualmente e ascender na escala da hierarquia socioeconômica. Não estou exagerando, não. E estou calmo, pode ficar tranquila. Não vou fazer uma cena na festa dos seus amigos, já basta eu estar vestido de *jeans*, camiseta e tênis. Você deve estar com vergonha de mim, aposto. Ah... então é verdade, está constrangida, não é? Pois devia estar envergonhada é desse tipo de amizade, esse povo dançando ao som de uma música eletrônica sem ligação com nenhum tipo de tradição ancestral. Aliás, povo não. Essa gente não tem nada de povo. É uma trupe desconectada dos próprios sentimentos, tudo o que valorizam são sensações transitórias, nada que se enraíze de verdade no substrato psicoemocional, muito menos no cognitivo. Por isso é que se trata de um indicador de anomia, porque a sociedade não pode avançar de forma culturalmente sustentável por esse caminho, entende? O quê? Ah, tá bom! Vai, vai dançar, vai! Pode me deixar aqui, vai! Onde é que eu fui me meter? Podia estar em casa, tranquilo, lendo Durkheim. (Uma garota de vestido curto colado se aproxima.) Se eu estava falando sozinho? Sim, estava mesmo. É que eu não passo de um pássaro solitário num céu povoado de drones. Gostou da frase, é? Se eu danço? Claro, adoro música eletrônica, nos coloca em sintonia com a realidade tecnolíquida da sociedade pós-industrial. Soou meio *à la* Bauman, mas não é plágio, juro. Obrigado pelo inteligente, é efeito da profissão... E você, hein? Tenho que reconhecer: que inteligência corporal invejável! Diria, inclusive, que transcende o poético!"

DIVISA

Agosto/2023

Já é hora de dotar o nosso país de uma divisa de peso, e não falo aqui de moeda (embora não deixe de ter alguma relação com o que irei falar). Por divisa quero dizer um lema, uma frase que inspira e faz recordar ao mundo a síntese moral de uma nação.

Os nossos amigos estadunidenses adotaram, por exemplo, a divisa "In God We Trust", que fazem circular pelos quatro cantos do planeta impressa na cédula do dólar. Não temos o dólar, é verdade, mas, tal como eles, nós temos fé. Por sinal, a nossa deve ser ainda maior que a deles, porque teima em persistir diante de percalços e frustrações frequentes. Por outro lado, somos capazes de desconfiar bastante, e de várias coisas. Desconfiamos, por exemplo, de que é mais fácil achar uma agulha num palheiro do que um partido confiável no meio de 31 siglas diferentes. Nossos amigos do Norte têm apenas duas com que se preocupar, circunstância que, em princípio, torna um pouco mais fácil encontrar um rumo político a ser seguido. Outro exemplo é a própria moeda. Enquanto lá eles mantêm a mesma há quase 250 anos, nós, em dois séculos cravados, tivemos nove trocas de padrão monetário.

Além disso, desde que viramos República, passamos por duas longas ditaduras e dois *impeachments* presidenciais. Portanto, se falássemos inglês e fôssemos minimamente fiéis ao liberalismo, em lugar de "In God We Trust" a nossa divisa mais apropriada seria: "In Gov No Trust".

Os franceses ostentam até hoje a famosa divisa "Liberté, égalité, fraternité", representando os valores sonhados pela revolução republicana de 1789. Entretanto, a História nos tem ensinado que as revoluções não primam por *fraternité*. Por isso, à luz dos fatos, o *slogan* francês deveria ser corrigido para "Liberté, egalité, décapité". Em contraste, no nosso país o movimento que derrubou a Monarquia e implantou a República foi um golpe de Estado dado por militares com nível zero de derramamento de sangue, embora sem nenhuma participação popular. A divisa positivista "Ordem e Progresso", inscrita na bandeira, tornou-se o nosso lema cívico. Contudo, tal como a divisa francesa, a nossa também mereceria certos ajustes. Com base no exame histórico, na minha modesta opinião, "Ordem antes que Progresso" poderia explicitar melhor o sentido do programa oficial para o país.

Na década de 1970 (período em que fui deixando a infância em direção à adolescência), esteve muito em voga a expressão "tudo azul", significando "tudo ótimo". No meu estado natal, as áreas de colonização alemã adaptaram a expressão para "alles blau", que quer dizer, literalmente, "tudo azul" em alemão. Naquela época, o azul era a cor em alta, basta lembrar que a melhor gasolina era apelidada de azul. Em pleno regime militar, quando os atos cívicos eram intensamente comemorados, uma cor que representava tanto o céu pátrio quanto o mar territorial desfrutava de um estatuto inconscientemente superior, na hierarquia das cores, ao verde e ao amarelo, que simbolizam, cada um, respectivamente, apenas um elemento da riqueza do país: o reino vegetal e o mineral. Também convém recordar que foi no ano de 1970 que Tim Maia lançou "Azul da cor do mar", canção onde o azul é a cor do sonho mais bonito. Porém, apesar do patriotismo de quartel em vigor, o país se viu mal das pernas com as duas crises do petróleo, de 1973 e 1979, e entrou cambaleante na década de 1980. Tropegamente, atravessamos os '80 para chegar aos '90 com hiperinflação nas costas e uma sensação de que a vaca fora parar no brejo, acompanhada da MPB. Assim, se quiséssemos eleger a simpática expressão teuto-brasileira "alles blau" como divisa, deveríamos atualizá-la para "alles créu", que está em muito maior sintonia com o resultado daqueles tempos e com os hits musicais nacionais que passaram a viralizar a partir de então.

Quem sabe o que se precise é de uma divisa que represente nossa recusa em reviver crises passadas e coisas que não deram certo. Não estou falando do programa pró-álcool, aquele que teve a primeira edição entre o final dos '70 e começo dos '80, para depois regressar com nova roupagem, no começo do século XXI, prometendo autossustentabilidade energética para o setor dos transportes. Penso, por exemplo, na hiperinflação, nos períodos ditatoriais, nos escândalos de corrupção, esse tipo de coisa. Lembro daquela divisa surgida na Primeira Guerra Mundial e utilizada na Guerra Civil Espanhola: "Não passarão!". Pois é, podíamos adaptá-la para "Não voltarão!". Contudo, apesar de sua evidente funcionalidade, essa divisa não espelha a alma nacional, não transmite uma mensagem contendo a sabedoria acumulada em nossa vivência histórica como nação independente. Diante do que temos visto por aqui, um traço muito nacional é, sem dúvida, o oposto de "Não voltarão": velhas fórmulas são reaplicadas; velhas receitas, reescritas; velhos diagnósticos, reaproveitados, para novamente serem armazenados, não mais em formol, mas em meio digital. Portanto, uma boa divisa talvez fosse "Não desgrudarão".

Mas é claro que até aqui só o que fiz foi dar vazão ao meu lado de humorista, permitindo que um ceticismo irônico viesse contagiar o texto todo. Que me desculpem pela irreverência, faz parte do gênero de cronista que sou. Para compensar um pouco o "estrago" dos parágrafos anteriores, formularei a seguir uma divisa positiva, capaz de motivar o nosso civismo ao enaltecer aspectos característicos do *ethos* nacional. Proponho: "Bola pro mato enquanto ainda tem". Com tal divisa, presta-se uma justa homenagem ao futebol, essa modalidade esportiva tão arraigada na nossa identidade cultural, projeta-se uma imagem potente e assertiva ("bola pro mato!") e se faz referência ao fato de termos mato, embora não saibamos até quando. Ou então: "Aqui até pé de cana samba". Eis aí um exemplo em que se cruzam referências culturais (o samba, as festas populares) com alusões ambientais e econômico-geográficas. A duplicidade de sentido da expressão "pé de cana", que, além da planta a que historicamente tanto devemos, também significa cachaceiro, ou pinguço, reforça ainda mais a riqueza de sentido da divisa em questão.

Caso nenhuma das anteriores tenha agradado, apresento uma última antes de desistir: "Se não for sério, não tem graça". Dá para aprovar essa? Afinal o sério, por aqui, muitas vezes faz papel de ridículo. Ou não?

FALARES

Setembro/2023

Foi numa tarde dedicada à procrastinação que me caiu sob os olhos, enquanto debelava um surto de *spam* no correio eletrônico, um estudo muito curioso sobre a influência dos hábitos relativos à alimentação nos diferentes falares de um idioma. Confesso nunca antes me haver preocupado com o tema; porém, como costuma acontecer neste nosso ambiente de epidemia informativa, depois de ler a primeira linha da mensagem, procedente não se sabe de quem, tornou-se impossível evitar que se convertesse na melhor desculpa do momento para me desviar do que seria de fato importante fazer.

Não nos deve ser totalmente estranha a noção de que os alimentos que ingerimos com maior frequência, assim como a maneira de prepará-los e consumi-los, tenham certa influência em nosso comportamento. Comer um frango utilizando talheres é diferente de atirar-se sobre a carcaça do animal, num sôfrego abocanhar de nacos de carne, intercalado pelo ruidoso chupar de ossos e cartilagens, até a lambida final dos dedos — os próprios, e talvez também os da ave. Os adeptos do método primitivo juram que a comida fica mais saborosa se consumida dessa maneira, mas desconfio que isso dependa de onde andaram os dedos antes da refeição. Seja como for, não havia nunca me ocorrido a relação específica entre os alimentos e o modo de falar os idiomas. Passemos aos exemplos analisados no tal estudo apócrifo.

Amplamente difundida, e bastante aceita, é a tese de que a pronúncia britânica do inglês teria sido determinada pelo hábito de falar com uma batata quente na boca. Historiadores já haveriam comprovado que a introdução do cultivo da batata, um tubérculo de origem sul-americana, nas terras que hoje formam o Reino Unido produziu uma melhoria nutricional significativa na dieta dos bretões, com reflexos positivos na saúde. Além disso, havendo caído no gosto popular, a batata teria reforçado o apetite da população em geral. A novidade da batata, que mediante um simples cozimento e um toque de sal se transforma em maná telúrico, desfazendo-se em amido e vitaminas entre a língua e o palato, sem opor resistência ao movimento dos maxilares, levou a uma febre alimentar sem anterior paralelo naquelas paragens. Em pouco tempo, a batata viu-se associada a noções iluministas, considerada alimento trófico para o espírito, um catalisador natural de ideias novas. Logo instaurou-se a prática de ter uma batata na boca nos vários momentos do dia, sobretudo quando se tratava de sustentar um argumento ou discutir posições, fosse num discurso público ou numa briga doméstica. O apelo à sofreguidão advindo da irresistível batata cozida fazia com que muitos a consumissem ainda quente, hábito que acabou por plasmar a forma britânica de pronunciar o idioma de William Shakespeare. A Revolução Industrial e a vitória inglesa sobre Napoleão não teriam sido possíveis sem os efeitos prodigiosos da batata na engenhosidade e vitalidade de seus obstinados consumidores.

Segundo o mesmo estudo anônimo, a invenção da batata frita, aparentemente um subproduto da culinária francesa (daí a expressão *french fries*), acabou por exercer grande influência do lado de cá do Atlântico. Pouca gente conhece a hipótese de que a pronúncia norte-americana do inglês diferiria da britânica fundamentalmente por causa da batata frita. Nos Estados Unidos, o gosto pela batata frita se popularizou rapidamente, tornando-a mais do que um acompanhamento para hambúrgueres: verdadeira iguaria com status de estrela culinária, servida com adornos de maionese e ketchup. Como sabemos por experiência própria, quando chega à mesa, a batata frita já está mais fria do que quente, fato que teve um impacto determinante no modo de falar o idioma naquele país. Sem o volume e o calor da batata cozida dentro da boca, os norte-americanos puderam desenvolver uma dicção mais natural, que ainda se mantém na região da Nova Inglaterra, ao norte da costa leste. Entretanto, outros fatores viriam a afetar a fala dos estadunidenses em diferentes partes do imenso território da nação. No Texas, assim como em outros estados arrebatados ao México no século XIX, a dicção se tornou mais pastosa graças ao guacamole e aos feijões introduzidos na culinária local. Outro exemplo relevante é o efeito do consumo de pimentas na fala, também por influência da cultura mexicana, que estaria na origem do hábito de praguejar. Na opinião do anônimo autor do mencionado estudo, o hábito de praguejar se disseminou no tempo da corrida do ouro, quando a Califórnia foi povoada. A maioria sonhava achar um tesouro na região, mas o que encontrava, de fato, era pimenta na comida. A junção dos dois fatores teria gerado uma torrente de impropérios, que se alastrou pelo país no sentido inverso ao da migração para o oeste.

Ainda quanto aos efeitos da pimenta na língua dos povos, o estudo destaca o do alongamento da fala. Um espanhol demora em média menos tempo que um mexicano para dizer a mesma frase. Igual fenômeno se verifica comparando-se paulistas e baianos. Isso aconteceria porque a boca de quem come pimenta precisa ficar mais tempo aberta, de modo a poder dissipar aquela sensação de queima, ou, dito popularmente: o ardido da língua. Quanto mais picante a pimenta consumida, mais a fala tende a alongar-se. Para esse fim, um dos artifícios inconscientemente utilizados é a pausa sobre certas vogais. Como a boca fica naturalmente aberta ao pronunciar as vogais, o consumidor de pimenta tende a pausar nessas letras, alongando o seu som. As interjeições "ah" e "ih", que no falar baiano se transformam em "aff" e "ixe", constituem exemplos frequentes. Menos usadas são as vogais que exigem o arredondamento dos lábios em sua pronúncia, caso do "o" e do "u", pois o grau de abertura da boca é significativamente menor, o que se traduz em baixa eficiência na dissipação da energia térmica bucal.

Outro ponto interessante suscitado pelo estudo apócrifo é o do uso da farinha e seu efeito comportamental ao longo do tempo. A ideia, neste caso, é que haveria uma distinção de falares regionais com base nas diferentes maneiras de consumir farinha. De um lado, estariam os comedores de farofa; de outro, os adeptos do pirão. Os primeiros, devido à consistência menos densa e até mesmo volátil da farofa, têm por característica um falar acelerado, em que argumentos vários são mencionados sem estabelecer interconexões. O falante comporta-se, neste caso, como se tivesse pressa, talvez por receio de que as informações pudessem voar de sua memória, assim como a farofa do prato. Sua maneira de articular a fala os faz parecer mais sociáveis, ou extrovertidos, mas também superficiais. Já os que preferem consumir pirão apresentam, segundo o autor, características bem diferentes. Sua fala é lenta e pouco fluida, como se aglutinada em porções servidas de forma intercalada. Cada núcleo de fala se constrói em torno de uma ideia, ou informação, que se une pegajosamente, por força de um transbordamento viscoso, com as ideias e informações subsequentes. A forma do discurso transmite a impressão de densidade, mesmo contendo ideias pouco profundas, ou informações banais. Os comedores de pirão são geralmente percebidos como menos sociáveis e um tanto introvertidos, mas complexos, com o risco de tornar-se grudentos.

Um último ponto a ressaltar desse provocativo estudo anônimo é o nexo entre o consumo elevado de cebola e a nasalização da pronúncia. A maioria de nós tende a pensar que a cebola, por suas propriedades irritativas, que provocam, por exemplo, o lacrimejar dos olhos, abriria as vias respiratórias, dando curso livre às secreções nasais. Isso está correto no que se refere ao contato direto com o vegetal descascado e picado, de onde emanam compostos derivados do enxofre. No entanto, há também o contato indireto, que ocorre quando se conversa com alguém que frequentemente consome cebola. Neste caso, a reação é inversa: as narinas do receptor da mensagem sofrem uma constrição automática, causada por um reflexo neuromuscular protetor da mucosa nasal, que fica, assim, resguardada dos efeitos nauseabundos e corrosivos do hálito cepáceo. Uma vez acionada essa defesa orgânica instintiva, o fechamento parcial das vias nasais obstrui de tal modo a passagem de ar que provoca o fenômeno da nasalização fonética. O autor anônimo em questão menciona estudos sobre gente que convive com comedores em série de tabule, saladas aceboladas e *pizza* à portuguesa, a fim de verificar seu grau de nasalidade. Busca-se, ao que parece, chegar a uma tabela que pondere diferentes fatores, como o tipo de alimento consumido e a frequência de seu consumo, para determinar os possíveis gradientes de nasalidade. Haveria, também, uma investigação em curso sobre os níveis históricos da ingestão de cebola no Texas, de modo a poder avaliar se a pronúncia texana do inglês teria sofrido mais essa influência.

O texto apócrifo terminava convidando o leitor a fazer um teste de autoconhecimento por meio de um questionário sobre seus hábitos alimentares. Antes de clicar sobre o botão na tela, desconfiei que pudesse tratar-se de uma mensagem maliciosa: e se contivesse um vírus? Instintivamente, apaguei-a e bloqueei o misterioso remetente. Mais tarde, porém, custei a conciliar o sono, me perguntando qual hábito alimentar estaria por trás desse reflexo de autoproteção.

Quem porventura souber, nem ouse me contar!

FONTE Adobe Garamond Pro
PAPEL Polen Bold 80 g/m²
IMPRESSÃO Paym